还 有，宝莱特

ET PUIS ,PAULETTE...

〔法〕芭芭拉·康斯坦丁 著 林苑 译

人民文学出版社
PEOPLE'S LITERATURE PUBLISHING HOUSE

著作权合同登记号　图字 01-2015-8710
图书在版编目(CIP)数据

还有，宝莱特……/(法)康斯坦丁著；林苑译. —北京：
人民文学出版社，2015
ISBN 978-7-02-011198-5

Ⅰ. ①还…　Ⅱ. ①康…　②林…　Ⅲ. ①长篇小说-法国-现代
Ⅳ. ①I565.45

中国版本图书馆 CIP 数据核字(2015)第 271241 号

Et puis, Paulette ... by Barbara Constantine

特约策划　杜　晗
责任编辑　黄凌霞
插　　画　布　果
装帧设计　汪佳诗

出版发行　人民文学出版社
社　　址　北京市朝内大街 166 号
邮政编码　100705
网　　址　http://www.rw-cn.com
印　　制　山东临沂新华印刷物流集团
经　　销　全国新华书店等
字　　数　155 千字
开　　本　889×1194 毫米　1/32
印　　张　7.25　插页　8
版　　次　2016 年 1 月北京第 1 版
印　　次　2016 年 1 月第 1 次印刷
书　　号　978-7-02-011198-5
定　　价　29.90 元

献给勒内和罗贝尔

我以前的邻居

还有阿兰

我现在的邻居

目　录

玛奥，五又四分之三岁，

把刚采的一束花给了她的小邻居。

——拿着，留着它，这样，

你爸爸妈妈死的时候你就可以把花放到他们坟墓上。

（玛奥，我的小孙女，喜欢分享她的学识。）

汤里一粒睾丸，

是个错误，

两粒，那就是菜谱。

出自《那达达》，弗朗兹·巴尔泰勒①，拉布朗谢出版社，2008年

引用于《没有更好》，阿尔诺·勒·吉尔谢②，出版人：斯代凡·米立勇

① Franz Bartelt（1949— ），法国诗人、剧作家、小说家。
② Arnaud Le Guilcher，法国青年作家。

1

瓦斯的故事

费迪南全神贯注地开着车，肚子卡着方向盘，鼻子恨不得贴到挡风玻璃上。表盘的指针稳在五十出头的位置。理想速度。不仅省油，而且他有足够的功夫看向后退去的风景，欣赏沿途风光。更重要的是，一有任何险情他便能马上停车，避免事故发生。

就在此时，一条狗跑了出来，就在他眼前。条件反射。他一脚刹车踩到底。轮胎抓紧地面。沙石飞舞。减震器吱呀作响。汽车摇晃了两下，终于在马路中央静止下来。

费迪南往车门外探出身子。

“你这是去哪儿啊，小伙子？我猜，是泡妞去吧？”

狗突然弹开，撒丫子跑，超过汽车，跑到了稍远处的沟壑里，在草丛里趴下来。费迪南费了老劲抽出身来。

“你是邻居家的狗吧。你单独一个跑到这儿做什么？”

他走到跟前，缓缓伸出手抚摸狗脑袋。狗儿在颤抖。

过了一会儿，它算是被哄舒服了，才肯跟他走。

费迪南让它上了后座，重新发动汽车。

车开到一条土路入口，他打开车门。小狗下了车，却黏在他脚边哼哼，一副害怕的样子。费迪南推开小木栅栏，示意它进去。小狗匍匐在他脚下，一直哼哼。他沿着两溜灌木丛夹着的小道，来到一所小房子前。房门半掩。哎……有人吗？……他喊道。无人应答。他四下里张望。一个人影也没有。他推开门。半明半暗中，他依稀能分辨出屋子深处有个身影躺在床上。他喊了一声。没任何动静。吸气。这儿可真臭……他又嗅了嗅。天哪！这是瓦斯的臭味！他冲到厨房，拧紧那只丁烷瓶的旋钮，来到床边。夫人，夫人！他轻轻拍了拍这位夫人的脸颊。最初只是轻拍，但她没反应，他下手越来越重。小狗一边乱吠，一边围着床脚弹跃。费迪南也慌了，开始劈头盖脸扇她巴掌。嘴里喊着快醒来。人声夹杂着犬吠。玛德莲夫人！汪汪！睁开眼睛，看在——汪汪——老天的分上！快醒来，我求——汪汪——您了！

她总算低低呻吟了一声。

费迪南和小狗都松了口气。

2

五分钟后，情况好转

玛德莲夫人脸上有了些血色，她坚持要招待他喝点什么。她并不是每天都能有访客。他们虽是邻居，但这却是他第一次踏进她的家门。值得庆贺。费迪南白费劲重复说他不渴，他只是把她的狗领回来，她还是起了身，踉跄着走到橱柜前，拿出一瓶李子酒，说让他尝尝，给点意见。这是她第一次自己酿李子酒。您回头告诉我您觉得这酒如何？他点了点头。她开始倒酒，突然又停住，不无担忧地问道，他是不是一会儿还得开车。他答道他要回家。离这儿就五百米，蒙着眼睛也能开回去！这下她放心地倒上酒。他还没来得及抿上一口，她就一副要昏过去的样子。她重重地跌坐到椅子上，双手抱着脑袋。费迪南好不窘迫，只得聚精会神瞪着眼前的油桌布，拿着杯子顺着漆布上的线条和格子图案划来划去。他不敢喝酒也不敢说话。漫长的沉默之后，他终于开口，小心翼翼地问她要不要他开车送她去医院。

——干吗去？

——让医生给您瞧瞧。

——我只是头痛而已。

——是，但……是因为瓦斯的缘故。

——没错……

——这可不好。

——是不好。

——可能会有些副作用。

——是吗？

——会呕吐，我觉得。

——这样啊。我不晓得。

又是一段漫长的沉默。她一直闭着眼睛。他趁机观察周围。房间又小又暗，而且塞满了东西。他立马想到自己家里恰好是相反的状况。房子空得恨不得能有回响。这个想法让他颇为沮丧，于是重新研究起油桌布。最终他还是忍不住发问。

——玛德莲夫人，通常我不爱管别人的事，您知道。不过……您是不是因为最近烦心事太多才……才……？

——才怎么？

——瓦斯？

——瓦斯怎么了？

——呃，这，可……

这对费迪南来说有点难。个人隐私问题。不关他的事。然而他觉得该说点什么。于是他开始兜圈子，乱说一通，到头什么也没说，企图让对方明白自己说了一半的话。（他也喜欢“言下之意”

这个词。）他坚定地认为言语肯定要背叛他的想法，所以此时此刻他宁愿依直觉行事，让它来完成任务。但稍微有点理智，就不得不承认，直觉这个王八蛋，有时也给他捅大娄子！一石激起千层浪，这并非他本意，他害怕引来情感的宣泄，或者泪流成河，或者掏心掏肺。他可不想这样。如果每个人自己都能想办法解决自己的问题，那生活就简单多了！和妻子在一起时，他有他的杀手锏，以避免掉进过于知心的谈话的陷阱里：一感觉事态有往这个方向发展的趋势，他就提过去。只消一个词，神不知鬼不觉。得咧，接下来他只需要左耳进右耳出了。他那可怜的妻子，是有多喜欢讲话。话题关乎所有一切，或是鸡毛蒜皮，或是老生常谈。名副其实的话痨。但她最喜欢说的，还得数过去。她年轻的时候。以前是如何比现在好。那时候是如何美妙。尤其是在他俩认识之前。最后总免不了满腹怨愤地列数她本来可以有的生活，在别处，美洲、澳大利亚，或者加拿大。对啊，为什么不呢，本来是可以的！如果在那个该死的七月十四日的晚会上他没有邀请她共舞，没有在她耳边吹小甜风，没有把她揽得那么紧。悔恨交加。

他并不怪她。他也有过梦，美好的梦。但他很快就明白，梦和爱，不会是这一次。也许他生来就不是这块料。也许，下一次吧。或者，另一条命里，对，就跟猫一样！

好吧。回到眼前。

他在邻居家。她遇到问题，但似乎不太愿意谈及，尽管他很委婉地问了她。对于她，他所知甚少。只知道她叫玛德莲，在市场上卖蜂蜜、水果和蔬菜。她好像有点外国人的样子。俄罗斯或匈牙利？也许。总之是东欧国家。她定居在此时间不长。不过也有好几年了。六七年？也不算短了……

他又开始张望四周。这回他发现她家里既没有冰箱，洗碗槽上也没热水器，没有洗衣机，没有电视。没有任何现代生活设施。就像在他小时候一样。只有收音机，用来听新闻，洗涤槽也只有冷水能洗澡。他还记得，一到冬天，他就想方设法逃避洗澡。还有洗衣服这一苦差，他也躲着。衣服从水槽里拽出来的时候又硬又冻，得帮忙拧干，可是冬天手指头都冻裂了。妈的，那年月，真是遭罪啊！他心说，也许，这位可怜的玛德莲夫人打心眼儿里受够这样的生活了。受够了这样的艰难和烦恼。她应该是泄气了。而且，也受够了背井离乡，远离家人？很可能是出于这样的原因她才……

他觉得他躲不掉了，他必须承担起这个责任，得强迫自己说点什么。说点别的什么，下雨天晴天之类的。或者是她的狗！不得不说，它可真是个机灵鬼！您真幸运有这样一个机灵鬼做伴。我之前有过的那一条，蠢，但特别亲人。这只……是母狗？您肯定？我没太注意。

他深吸一口气。开始了。直截了当，他说他理解。有那么一两次他也有过同样的念头。三次，实际上。好吧，跟您说实话，是四次。没错，不过……他好好思考过。他找到不少好理由让自己不那么做。就像，比如……一时间想不起来。啊不，当然有，他真蠢：他的孙子们！小家伙们，那真是神奇的造物。让人爱不够放不下的。跟他自己的孩子很不一样。是，真的。更可爱，更活泼，而且聪明得多。也许跟年代有关，毕竟时代变了。要么是因为我们自己年纪大了，变得耐心些。有可能……您没有孙子孙女？一个也没有？唉。可惜了。但是还有别的事情能让人牵挂的吧。等会儿，让我想想。

她抬起眼，瞪着天花板。

他挠了挠头，急着找到答案。

“您看，时不时告诉自己还有比咱更不幸的人其实也挺重要的。这么一想，您就能脚踏实地啦。或者换种说法，把摆钟校正，如果您愿意这么说的话。有时候，我们还是需要的，您说是不是？”

她看起来心不在焉。他使劲想找点乐事说。

“既然从来没人回来说那边是不是更好，咱也没必要着急过去，对吧，玛德莲夫人？眼下最紧要的，是要耐心等待。”

他傻笑了几声，等她的反应。

没反应。

他真的有些担心了。他凑近前去：“您明白我说的吗？也许有些词您不……”

她朝煤气灶的方向伸出手，用微微颤抖的声音说，得了，她从刚才一直在找，可算找到了。所有这一切，都是她的老猫的错。它消失了好几天了。说不定它已经死了？但愿不是这样。不然她的心可得碎成千万片……从那时起，这儿就无法无天了。它们为所欲为，那些老鼠。一个劲儿地跳舞。整日整夜。壁橱里，床底下，食品柜里。没完没了地啃。她觉得自己快疯了！照这样下去，这些家伙还不得蹬鼻子上脸，跳到饭桌上她盘子里抢吃的。这些小畜生们真是太放肆了。

费迪南走神了。他已经听不进去她的喃喃自语。可怜的女人，满口胡言。应该是瓦斯的缘故。什么死掉的猫和跳舞的老鼠，没头没尾的。他看着她在说话，眼光低下来落到她的手上。美丽却饱经沧桑。他觉得是地里的活让它们变成这样，她应该保养保养，擦点护手霜，会有好处。不过她看起来比他之前想象的年轻些。六十多……

她突然一下子站起身。他吓一跳，也站起来。她对他说一个人自言自语真是叫人恼火。但是现在好多了。谢谢，他可以走了，她要躺下歇会儿。瓦斯的事让她吸取了教训。费迪南瞟了眼挂钟：四点半，睡觉也太早了点。他有些吃惊。她说不送了，他自己应该能找到路。他隐藏起嘴角的微笑，回答说是。在一座只有一个单间的房子里怕是想迷路还不行呢！他摸摸狗的脑袋："好吧，再见，玛德莲夫人。如果您需要什么，就给我打电话。""谢谢，我会的，"她耸了耸肩，嘴里嘟囔着，大概只说给自己听，"当然，等我把电话线接上……"

费迪南一边往车的方向走，一边试图把刚才发生的一切拼接起来：这个差点窒息而死的女人，住在如此之小的房子里，离他家就两步远，这么多年，他应该跟她打过不知多少次照面，路上，邮局里，集市上，他几乎没怎么跟她说过话，充其量也只不过是聊聊天气和她的蜂蜜的收成……突然，一下子……他碰上她的狗，嗯，母狗……可是，刚才，如果他没停车，没把狗领回她的家，她这会儿可就一命呜呼了，这位玛德莲夫人！而且没人会操心。

他妈的。

这可叫人快活不起来。

他坐上车，发动。心想真遗憾刚才还没回答她的问题。算了，他明天或改日再来好了。坦率地告诉她他对她的李子酒的评价。说老实话，玛德莲夫人，作为第一次酿的李子酒，那是相当成功。以前，他已经过世的妻子亨丽叶特，她也酿。但从来没出过这么好喝的。是，是，我向您保证，我说的是大实话。

玛德莲在她的小房子里躺下。

头疼比刚才有所缓解。她终于能够想事情。

这个费迪南，真是个奇怪的家伙。话痨！刚才他的嘴一直就没合上过，有点烦人。有些地方她压根没明白。什么校正摆钟，干吗在这个时候，叫人摸不着头脑。他应该是抑郁坏了，看起来需要宣泄。有点尴尬，但倾听也是最起码的事情吧。不管怎么说，他好心把她的狗领了回来。下回她该记着向他道谢。

也许送他一罐蜜，如果他喜欢蜂蜜的话。就在这时，突然一下子，记忆涌上来了。她记得这位先生的妻子。哎呀呀……那人可真不咋地！简直是糟糕透了。那是最开始的时候，她什么也不懂，也不认识任何人。牲口们都很饿，她也是。她从菜园子里找菜吃。慢慢的，自然而然的，她开始种菜。一来能填饱肚子，二来，说不定还能挣几个子儿，然后再考虑接下来怎么办。尽管她想尽办法，第一年的收成还是惨不忍睹。成熟的胡萝卜还没小水萝卜来得粗，洋葱跟小铃铛差不多个头！每个礼拜，亨丽叶特夫人来到集市上，在她的摊位前停下来，带着点挑剔鄙夷的神情看着她那些珍稀宝贝。第二年，情况有所好转。胡萝卜开始像正儿八经的胡萝卜，大葱也能长得比钢笔粗。亨丽叶特开始买她的小东西，这一点那一点，但给人感觉像是在施舍。她真想把她打发到一边儿去。但她还没那胆量。是的，她的确曾经很讨厌这个女人。

一对夫妻，永远是个谜一般的组合，她心里想。她自己那一对也是，肯定的。她不太愿意去想。那好遥远，有点像上辈子的事。但他们这一对，还是……亨丽叶特和费迪南，她不怎么认识他们，这一对，如此不像一路人的这一对，是怎么一起过了一辈子？激情之火一烧完，又是什么让他们没有各自跑掉呢？好吧，追究这个也没多大意思。总之，他，看起来，给人感觉不一样。尽管外表生硬，略微冷漠，倒不像是个坏人。他想尽办法也无法掩盖的那道横贯胸口的伤口，还容易叫人对他起同情心。他说起他的小孙子们的时候，思念之情溢于言表，他还没来得及习惯他们的离去。对他来说应该是个打击，就那么剩下他一个人独自在偌大的农场里。

可怜的老头。

这可叫人快活不起来。

夜晚降临，玛德莲起了身。头痛终于过去。第一件事，检查被老鼠们啃咬的瓦斯管道。还剩下很长一段完整的。她把管道修好，煮上汤。

3

清晨的礼物

第二天早晨醒来，“坏了！”费迪南大喊一声。一段时间以来，他努力在精炼他的词汇。为的是让他的儿媳米蕾叶不能以之为借口阻止他去见他的小孙子们。所以，当他发现床单湿了的时候，脱口而出的是“坏了”，而不是“他妈的”。显然，他做了和前三晚一样的梦。梦里他和一群海豚哥儿们在湛蓝又温暖的水里游泳。他唯一见过的海豚，是在电视上，动物纪录片里或是《Thalassa》[①]之类的节目里。这还没完。他迷糊着，一如既往地把左脚伸下床去寻找迷失的呢子拖鞋。当他的脚趾接触到某样温软的东西时，他便自动起身把它套在脚上。“臭狗屎！”他喊了出来。这回他倒是有资格，因为他踩在一具尸体上了！每日必有的老鼠，他的猫赠送的大礼。更确切一点的说，是他亲爱的小孙子们的小猫赠送的大礼。在他们搬家的前两天，米蕾叶突然变得对猫毛过敏，他于是不得不把小猫留下。“好好，就这样了，费迪南爷爷会

---

① 法国一档以介绍海洋生物和相关产业为主的电视节目。

照顾你们的小家伙。别担心，我会好好待它的。你们随时可以来看它，好吗？好啦，我的宝贝儿们，别哭了，求你们了……”

能选的话，他宁愿要条狗。即使六个月前他已经发过誓，在威尔克洛之后他不会再要别的狗。威尔克洛蠢得无可救药，一点不听话，看门还算称职，但是亲人得不得了。这就够了。哎呀呀，他可真想念它。至于猫，很简单，他不喜欢。狡猾，阴险，爱偷东西，总之缺点一箩筐。就抓老鼠还凑合。听话程度，脚趾头都知道是零。亲人方面，那是它们想来就来想走就走。永远不亲人也是可能的！

结果是，他们搬走的当晚，小毛球就跑到他床上驻扎，他也不忍驱赶，那么小的小东西……第二天，直接钻进鸭绒被挨着他睡，脸就窝在他脖颈处，太叫人窝心，第四天，它在他的沙发腿上磨爪，他竟也未觉一丝不悦，一周将尽，它已经上桌在写有它名字的碗里吃饭。差一个餐巾圈就齐活了！

他的儿子罗朗、米蕾叶和两个孩子离开快两个月了。他们搬离了农场，留下费迪南独自和猫一起生活。有那么些日子，他自问过——不过连他自己都有点惊讶——如果不是有它在身边，他是否能扛过这么大的变动，挺过这些煎熬。这个小棉花糖。

另外一件令他惊讶的事，是这一切让他性情大变。他，那个有点冷漠、坚固得像花岗岩、从来不为任何东西撼动的家伙，坚定决绝的人，一夜之间脆弱得像玻璃。一件小事能引得他掉眼泪，鸡毛蒜皮能让他动容。他的钢盔铁甲出现了一道裂缝。或者说，一个缺口。他想尽办法企图把它堵上。

当然，他对谁也不会说。他从来没能做到很好地表达自己，更别说谈论感情了。他会觉得像是浑身被扒了个精光，矗在人来人往的集市广场上。他很少这么干。他宁愿自己掖着，藏得深深的，这样更简单。

所以，没人知道孩子们的离开和随之而来的空虚简直将他劈成两半。刺啦，胸口狠狠划上一刀。这道伤口，得需要相当的时间才能愈合。数月甚至数年。也许永远都无法痊愈。十有八九。

鼠尸之后，他在五斗橱底下找到了呢拖鞋，他提溜着小尸体的尾巴走到屋外，将它扔到了那堆肥料上。

然后，就在那里，院子中央，身上穿着睡衣，裤底还湿着，他心里认真地思考着他如何向小猫解释如果它能把猎物吃掉会更好，是的，会好很多。猎而不食，太浪费。人类经常干这种事。有什么意思呢？这个，可别模仿，我的小乖乖。

可是，怎么跟一只猫解释这件事？更何况是只小猫。四个月不到。换算成人的年纪，也就七岁？

而且，又怎么指望它能明白呢？

不对，有那么一段日子以来，费迪南他已然认不出自己了。他得自我整顿一下才行。

接近晌午，天空拨云见日。他趁机赶紧开动洗衣机。

情况紧急。

连续三晚同一个梦，他只剩下一条干净床单了。睡裤库存则已经消耗完毕。

说老实话，如果有天他要跟某人描述他对孩子们的离开有何感受，他会说，当最后一件行李收拾完毕，最后一次吻上孩子们的笑脸，当门在他们身后关闭，一个巨大的洞便在他脚下掘开，一个巨大的黑洞，比一口井还深。就在那一刻，眩晕袭来，而且就从那一刻起，抓住他不放，成为他生活的一部分。他心里很清楚。

不过他跟别人说起这事的可能性微乎其微。

不管眼前是谁，让自己赤裸相对都不是他会干的事。

4

百无聊赖的费迪南有事可做了

吃过午饭，费迪南把衣物晾起，又闲来无事到谷仓那边磨蹭两下。经过拖拉机的时候，他没能抑制住爬上去的念头。发动机车，只是想看看引擎是否还正常运作。之后他走进工作间。他看到工作台上还有他给阿尔弗雷德刻的墓牌，刻了一半，搁置在那儿好几个星期了，一直未完成。他心里略感不爽，瞅了一眼那堆工具，机械般地开始分拣旧钉子。他不想干活。那就算了吧，他开车出门。经过玛德莲家门口那条路时他慢了下来，犹豫着是不是要停下来打个招呼问声好，不过最后他决定晚点再来，也许傍晚。然后他就一直开到了村上。他把车停在离集市广场还有相当距离的地方，从车后备箱拿出一根拐杖，使劲一瘸一拐地沿着中央街道往中心走去。一个人也没碰上。他有些失落。他在广场的咖啡馆要了杯白葡萄酒，在街旁的一张桌子旁坐下来。两个月来每天如是。

市政厅的时钟显示，三点半。

在学校放学之前只剩下不到一小时要打发。放学是他唯一能见到孙子们的机会。他的宝贝们。路多维克，八岁，路西安，六岁。每人亲一下。在米蕾叶火急火燎赶到把他们掠走之前。她把他们火速弄回他们的新家，原因是——要用气恼的语气说出来这事才显得更可信——他们有成堆的作业要做！

想到这里，他嗓子有点发紧。

他抿了口酒顺了下去。

然后他左看看右看看，都无甚看头。

他打了个哆嗦。

天空中，一缕阳光试图从两片灰云的缝隙中钻出来。他闭上双眼，往有阳光的地方伸展身体取暖。好景不长。马路牙子上传来脆生生的脚步声，噔噔噔。妙龄女子一枚，套裙裹身，脚踩高跟，向他走来。这地头难得一见的姿色。他心里算计着，离她走到他跟前还有七秒钟……六、五……沿着椅子边……四、三……他悄悄让拐杖滑下……二、一。命中。那姑娘跳了起来，扭了脚踝，喊了声"哎"。她的眼光落到费迪南身上时脑子里正准备朝这个故意不把拐杖收好的混蛋投去一句漂亮的厉害话。他却成功地做出一副窘迫的神情，如此懊悔的一张脸，让她忍不住笑了。但她很快收住。取而代之的是严厉的眼神和盛怒的眉毛，朝他伸去的食指充满威胁意味，言下之意是，在她面前，这种玩无辜的小把戏可行不通。这些老家伙的伎俩她可都晓得。祖父母，她有过两对！初中最后一年的企业实习，她在一所养老院待了一个月，所以，哼……就在这时他低下了头。妙莉叶愿意认为他应该是读懂了她的想法。她很是满意，开始整理衣服。她仔细地捋平了裙子上的褶皱——对裙子后半部分更是留意有加，因为屁股上的褶子，该死的，可真不好看——她把包在小腿肚子拍了好几下，掸去包上落的灰，捋好掉落的一缕刘海，看也不看费迪南第二眼，便径直走她的路，她忽然开始担心要迟到（她约了房产中介的那个男的见面，关于她想租的屋子，但她有什么好跟他说的呢，她既没有押金可交也没有别的其他一切，哎呀呀……）。

费迪南，他，倒是很欢乐。他成功地让一位妙龄女子微笑。这种事可不是每天都有。好吧，必须承认，那不是一个多么美妙的笑脸。另外，那个女人也没那么漂亮啦。要完全坦诚地说，她看起来有点像妓女，穿那样的高跟鞋和那么紧的裙子，像裹香肠般裹着她那已经不那么玲珑的身材。但这并不重要，他赢得了这一天的微笑。

现在，时钟显示差一刻四点。离学校放学只剩下四十五分钟。他抬头望向天空，才发现那两片大灰云已经趁机合为一体，厚重且黑得不怀好意。他想起他晾着的衣服，心想在雨下起来前回去还来得及。老天，那雨下起来就跟牛撒尿似的！可得赶紧！

他当然要怨自己在咖啡馆坐了这么长时间，腿都坐僵了。他花了好一会儿才能将膝盖弯曲，就在他终于站起来的时候，他的儿子，罗朗，到了，戳到他面前，顶着大肚子。

——这，你从哪儿冒出来的？

——别说得那么夸张，我就住在这附近，你很清楚。

如果罗朗劳驾自己来到这里，那肯定是有要事相告。但是他一如既往地不知如何开口也拿不准从哪儿说起。为了节省时间，他一边来回踮脚一边不停清嗓子。让人很不舒服。

——什么事……？

——呃，我觉得，你天天拿你的拐杖玩把戏装傻，早晚要弄出事故的。

费迪南叹了口气，重新坐下，掏出烟斗和一包烟丝。

——就这事儿？

——不……

——还有？

——还有，米蕾叶和我觉得，即使你不愿意到里面——我们也能明白你这么做的理由——你到我们餐馆的露天座喝东西会更好，更合情理吧。

——嘿，这听起来像是邀请。

他慢条斯理地吞吐了几口烟。像是为了让他儿子更恼火。罗朗讨厌看他抽烟。

——儿子啊，你的好意我心领了。不过，这里的白葡萄酒，我也说不出个所以然来，但是……味道就是比你家的白葡萄酒强。没得商量。

罗朗一口气往下咽。又一次地，他感觉到胸腔左侧一阵烧得慌——但是并无甚可列为可疑或异常之处（他咨询过了，吕班大夫跟他说那就是心动过速，没别的）——条件反射式地又清了几下嗓子之后，他冷冷地扭头回自己地盘了。他的餐馆，就在广场另一边，距离撑死也就五十来米。有为吸烟者提供的露天座。他尽量保持神情自然的步态。昂首、挺胸，挂在细绳末端的开瓶器伴着脚步的节奏打在他的大腿上。完美无缺。只不过，很快，他便感觉不对劲。似乎有什么东西卡在他的背正中间，就在两片肩胛骨之间。而且……真的开始发烧。如果他听从自己内心的话，应该立马转回头，去把他的拳头结结实实揍在那个躲在窗帘后头的蠢货面门上！要让他把那副不怀好意的嘴脸和该死的讪笑咽回去！

这真是把他气得够呛。然而他向妻子保证过要保持冷静。速速平静下来。思考。试着……不管怎样，如果是他咖啡馆老板同行的傻爸爸跑到他的地盘上来喝几杯，他肯定也会想要在嘴边挂上冷嘲热讽的讪笑的。只是为了恶心那一位。

是啊……说到底，还真是这样。他自觉平静一些了。这个想法让他莫名地振奋起来。

不过，他踏进餐馆门槛那一刻，他感到妻子的目光从大厅顶里头朝他劈过来。又一次的，他自觉无比渺小。家丑不可外扬，罗朗，咱们已经说过的。没错，可是你也看见了，米蕾叶，我父亲找我的茬儿……他推开门。挂钟丁当作响。米蕾叶一言不发地转过身。无论如何，他很清楚她想些什么。这个老费迪南，他要是能现在当场心脏病发死掉就好了，或者是动脉瘤破裂，更好，那将是巨大的慰藉。

妻子如此这般想法让罗朗颇为不悦，于是他选择看向别处。

嘿，不如扫扫地吧。那能让他换个想法。

这段时间里，费迪南可不想知道他在儿子那头——而且，通过间接作用，在他儿媳妇那头——引起怎样的反响，他回到车上，因为急着赶路，还忘了跛脚。雨真的要下起来了。

5

妙莉叶找房又求职

妙莉叶又一次白跑一趟，她真想让这个可恶的房产中介傻帽付出点代价。何况她为此还旷了堂课。更别说这身打扮，她可是费了心思：套装、紧身裙和高跟鞋。她平时不这么穿。鉴于她近来略微发胖，裙子有些勒腰，鞋也把脚磨出了水泡。而且，她的左脚脚踝自刚才被咖啡馆那老头拿拐杖绊了一下后便微微发肿。总之，这一切让她很不爽。中介被呵斥，也只是软绵绵地做辩解。您明白的，这行真不容易，房东们改主意就跟换衬衣似的，这种状况下，我们很难正常开展工作。像您这种情况，是的，我们本应给您打电话告知您房东不租了，您说得对，但我们太忙了，没来得及。就在房产中介废话个不停的时候，她的目光落向别处，至少这通废话给了她平息情绪的时间，让她不至于把手里的材料往那人脸上砸去。离开之前，她竭力挤出笑容和他握手并嘱咐他一有消息就给她打电话。为了确保他那和麻雀脑容量一般大小的脑瓜能记住，她又重复了一遍她的要求：单间，有无家具皆可，有浴室和厕所，哪怕不挨着也不要紧，在镇上或附近，而且，当然，不要太贵。非常紧急，这个月底之前，不然她就得睡大马路了。他说：我一定尽最快速度，小姐，相信我。出门的时候，她相当用力地带上玻璃门，又迅速转回头，一边把手放到嘴上一边睁圆了眼睛，一副“哎哟抱歉我不是故意的”样子。他习惯性地挥手致意，朝她眨了下眼睛。她被恶心到了。

市政厅的时钟显示四点。离今天另外一个重要约会还有四十五分钟。她在包里翻了翻，在内衬里头找到几枚散落的硬币，还够买杯咖啡，便走进“广场酒吧”，在吧台前坐下来。没过一会儿，露易丝来了。她俩一见面便狂笑起来，因为发现彼此都为此番特别做了打扮。在学校里，她们只见过对方穿裤装和休闲鞋。而且，露易丝还化了妆。妙莉叶觉得这妆把她弄得有点像妓女，不过她忍住没说出来。没必要惹她不高兴，这姑娘人还不错。她们相当坐立不安地喝了杯咖啡，差二十分钟五点的时候，她们穿过广场走进餐馆。孩子们刚放学回来，才在桌子边坐下准备边写作业边吃点心。看到两个女孩进来，路多维克呆了，正吃着东西的嘴也不嚼了。她们高傲的姿态，她们胸前的波涛汹涌，而且都是超级大波浪形的，她们熏得人头晕的香水味，还有露易丝朱红色的嘴唇，他从来没见过这模样的……米蕾叶看出他的骚动，指示他该干吗干吗赶紧写作业去，又请两位姑娘坐到远一点的地方，问她们喝不喝咖啡。她们没敢拒绝。尽管这已经是一天里的第五杯咖啡，再喝下去她们就要冒着神经衰弱胃里反酸发抖失眠等等一系列危险。尤其是妙莉叶。有段时间了，她算是把这些症状都收集齐全。到了她都想完全戒掉咖啡改喝茶的地步。算了，今天不是时候。

米蕾叶问了她们几个问题。没有，她们从来没在餐馆工作过。但是她们很想，非常想。是的，她们俩都是十九岁，都是护士学校二年级学生。她们对自己在做的事情很满意。是的没错，她们都穿平底鞋，当然，这样工作起来更方便，可以走得很快却不崴脚。对啊，她们需要挣点钱，每到月底总是恨不得连饭钱都没有……反正，挺不容易的吧。米蕾叶没再多想，就跟她们说可以。她们对视了一下，不确定是否完全理解了这个“可以”，不确定她们到底是拿下这份工作没有。但是米蕾叶接着解释她们要干的活，几点应该到，最好不要喷香水，因为会影响菜肴的味道，这里事情的大致流程，她们就不再怀疑了。尽管只是一个白天，的确，但还是很让人兴奋。而且，这附近，除了春天和夏天能有些收割采摘的活儿，还真找不到什么小杂活干。这个活如果干得好的话，说不定还会有别的机会。婚礼、单身告别礼、生日、退休告别会，这里时不时还是会有这种事的。

她们握了握手。在路多维克依旧惊叹的目光中，妙莉叶和露易丝走出了餐馆。走路有点跛，新鞋难免磨脚，高跟鞋就更糟糕了。她们坚持到走出广场才脱掉鞋，光着脚在冰冷的马路牙子上撒腿奔跑，一边乐得尖叫，为了生平找到的第一份工。

6

爸妈把活干，小孩骑车玩

星期六。

米蕾叶给孩子的午餐准备了两个三明治。今晚，是著名的猎人宴。她为此不得不雇了四个临时工。妙莉叶和露易丝在前台，两个小伙在后厨。都是学生。比雇职业人士要便宜。麻烦的是，他们以前都没干过餐馆这一行，所以所有一切都要给他们解释一遍。浪费不少时间。气氛有些僵。罗朗上蹿下跳，像狗一样乱吠，动辄发火，他说这是从他妈那遗传得来的。两个小伙受不了。他们一有空就停工歇息。金姆，两人里头比较可爱的那个，解释说是为了避免崩溃。妙莉叶和露易丝也到屋外和他们一起抽根烟，说说笑。她们运气要好些，前台氛围没那么紧张。老板娘米蕾叶监督着她们的一举一动，是挺讨厌的，不过她人还算和气，所以也还好。

一整个上午，路多维克和路西安都待在楼上公寓里。先是玩，又遵循米蕾叶的吩咐，写了点作业。临近中午，饥肠辘辘。

他们抢着奔下楼看谁会第一个到达厨房。路多维克赢了。很正常，他是老大。但是瞟到炉灶后面的父亲双颊通红脖颈垂汗的样子，他马上止住胜利的尖叫。身后的路西安也停下嘴里的抱怨。太迟了。他们噼里乓啷下楼的动静比他们到得还早。罗朗瞪着外凸的眼睛转身朝他们吼：离开这里！现在不是来捣乱的时候！他们吓坏了，掉头撒腿狂奔穿过大厅。米蕾叶成功将他们逮住。她确有注意到路西安快哭了，可是她没时间，只好装作没看见，一边塞给他们三明治，一边列数一长串叮咛嘱咐。首先，到外面去吃，免得弄得到处脏了吧唧又是污渍和面包屑的，注意，看着点！接着，是的，爸爸是有些紧张，但他们应该理解，宴会总是让他精神紧张。因为责任重大、压力山大。所以，孩子们，今天，要乖乖的，像个大人一样自己照顾好自己。天气不错，反正是不下雨了，多好的机会，他们可以一整个下午在外边玩。明白吗？两人一起点着头说：是的，妈妈。她递过来他们的外套，打开门，让他们速速撤离，越快越好，拜托。

他们一言不发地在台阶上吃完了三明治。然后开始思考接下来的计划：跳房子、弹球、老鹰捉小鸡、一二三木头人？他们都觉得不带劲。于是跑到车库去找自行车。鉴于只能在餐馆后院里骑，所以也不怎么好玩。爸妈总是说不能上街玩，因为他们还太小，街上汽车多，危险。这种说法用在路西安身上，路多维克没意见。路西安还是个婴儿，刚上小学，踩的还是三轮脚踏车。但他路多维克可就不一样了，他已经上三年级了，骑的是越野自行车，这规定对他来说太荒谬了。

他们终究还是在院子里转着圈赛了车，一刻钟后便宣告到一段落。他们开始觉得严重无聊。

不过没过多久路多维克便有了主意。他从车库里找来一段绳子，一端系在他的自行车后座，另一端系在路西安的三轮车车把上。他身子前倾，脚踩踏板，等待时机成熟便起动。

一个半小时过去，他们只前进了两公里。

而且他们已经累了。一开始还算顺利。路西安还踩那么几脚，给路多维克减少点负担。后来索性撒脚不踩了，光让哥哥拉着。他负责一直回头监督路况。他的工作，是听到背后有来车便第一时间通知。他非常尽职尽责。路多维克呢，自然是负责注意迎面来车。一旦有车开过来，他们便赶紧在路边停下，把自行车和三轮小脚踏车藏在高草中，自己躲到路边的沟里，等车经过。这么做是为了避免被熟人撞见跑去他们父母跟前打报告。但这一停一顿真是费时间啊。更何况今天是个周六，有集市的日子，路上人来车往更是多。

拐了个弯，路西安看不到身后的状况，但他听见有什么东西在靠近。于是朝路多维克喊：有车！两人放倒脚踏车，蹲到路边沟里，伸长脖子看车经过。但这次经过的不是汽车。是集市上卖蔬菜和蜂蜜的女士。他们认识的人里头除了她不会有第二个驾着驴车赶路的人了。

她在他们俩跟前停了下来。贝尔特，她的狗，跳下车，在他们身边嗅来嗅去。

——你们在找蜗牛吗，孩子们？

——不，不。我们只是在休息。

——哦，很好。休息完你们要去哪儿？

——去我们的费迪南爷爷家。

——他见到你们可会吓一跳呢吧？你们知道，这儿离他家还有两公里呢。

——没关系。

——你们想不想坐小车走一趟？

他们还真怪愿意的。她走到驴身边。

——最亲爱的科奈留斯，你同意陪这两位年轻人去他们爷爷家么？

路西安和路多维克有些尴尬地笑了起来。玛德莲压低声音说："你们知道，它可不一定会答应的。"她在衣兜里翻了翻，掏出胡萝卜往两人手里各塞一段。他们伸出手。驴儿轻巧地叼走胡萝卜，一边嚼一边甩脑袋。

——啊，我真高兴你同意了。谢谢，我亲爱的科奈留斯。

孩子们面面相觑。他们之前可不知道驴如此通晓人语。

7

小鬼们在农场

费迪南拿起电话。

——喂，米蕾叶？呃……你确定今天什么也没丢吗？不，不是谜语。好吧，我告诉你。路多维克和路西安刚刚骑着他们的脚踏车到了农场，他们很好，我打算给他们准备点薄饼当点心……

尖叫声传来，他把听筒拿远。然后……

自行车，对对……

是我的邻居，玛德莲女士，在从集市回来的路上发现了他们……

只是有点累，没别的……

我当然给他们用香皂洗了！他们还保证不再这么干了。

我可以等他们吃完点心过后带他们回去，不过……

宴席要到很晚，对吧？……

凌晨一点半……

两点？我可怜的孩子们，你们到时非得累坏不可。

如果我是你，我……

米蕾叶，烦躁是很正常的。我理解。

你是对的，我也觉得这样更好。

好的，米蕾叶。

别担心，我们能应付得来。

那就明天见了。

晚上愉快。

他一挂电话，两个小家伙就朝他脖子扑过去，又像小山羊一样四处乱蹦。小棉花糖被这架势吓着了，跑到床底下躲了起来。他们花了好长时间才把它弄出来。

还几乎费掉了剩下的烤鸡。

费迪南不得不改变晚餐菜单。他们一致把票都投给了意大利面。

8

小鬼们在被子里窃笑

费迪南在隔壁房间的床上把孩子们安顿好。那原来是亨丽叶特的房间。但他把所有一切都换过了：卧具、墙纸，甚至装饰都换了。罗朗酷爱他母亲那一系列陶瓷小摆件，费迪南干脆就都送给了他。原来的地方，现在摆的是路多维克和路西安自幼儿园以来的作品选。铅笔画、色彩画、面团捏的项链、橡皮泥雕塑、厕纸卷和圣诞老人脑袋等等。

看起来漂亮多了。

他把连通两间屋的门留着，万一孩子们夜里醒来呢。

路多维克骑车骑累了，很快便入睡。旁边的路西安还睁着大眼睛。他紧搂着小棉花糖。他终于还是捅了他哥哥肋骨一肘子，高声说着他以为的悄悄话。

——你睡了吗？

——嗯。

——你知道吗，路多维克，我觉得我很确定不再喜欢爸爸了。你呢?

——对，我也是。

——哦。

一阵沉默过后，路多维克补充道：

——他是蠢驴。

——这是粗话吗?

——是的。

——哦。

路西安很高兴。

——那是什么意思呢?

——就是说他很差劲。

——啊，对，就是这样：爸爸是头大蠢驴!

他们把头埋进被子里好掩盖笑声。小棉花糖趁机夺路而逃。

费迪南在他屋里把这一切都听得清清楚楚。他没敢做声。

一方面，他觉得他应该干预。但另一方面……

他应该是没听到这个对话才对。他窃笑。心说如今这些孩子们真是放肆。但他已经不太记得他在他们这个年纪的时候都有些什么心思。要是能想起来，不妨对比一番，应该颇有趣味。他试着回忆。一片空白。

小棉花糖挨着他蜷成一团，在他耳朵旁呼噜着睡了过去。这可不太利于思考呀。

9

米蕾叶受够了

宴席的组织方为了保险起见，把志愿宾客的名单列了出来，也就是那些自愿在宴席最后陪伴他们醉醺醺的朋友或伴侣回家的人。但跟往常一样，总有禁不住诱惑的。至少有两个司机了。米蕾叶看在眼里。已经是凌晨两点，宴席还没有要结束的意思，她的脚又疼得厉害。她想象一会儿人手不够了，还得她去送客人们回家。这个想法让她很郁闷。弄不好就会碰到某个借酒精壮了色胆企图强吻她、一手袭胸一手去拉自己门襟拉链的家伙，或者干脆吐在汽车后座上。不，这一点也不让她觉得兴奋。她看着罗朗。他也不怎么让她兴奋。或者干脆说根本不。一小时前他结束了后厨的工作，直接坐到了客人桌前。他大口喝酒，大声说笑。所有这些她痛恨的举止。她觉得这样很粗鲁，而且作为餐馆老板跑到客人堆中掺和很不得体。实际上，不管他做什么，都让她觉得难以忍受。尤其是他发胖之后。一开始，她以为只是暂时的，她应该能克服这种厌恶情绪。但他的肚子就跟被吹了气一样。她，只有在生路多维克之前，才有那样大的肚子。或者是生路西安的时候？两次，都一样吧。她讨厌那样。她不喜欢看着自己如此走形。这严重影响了她的性欲。好几个月。之后就再也没有恢复到从前。

让她自己惊讶的还有，她竟然像热恋时一样怀着嫉妒之心。招男孩而不是女孩在后厨打下手，就是她的主意。让他连被诱惑的机会都没有。这种事儿可不好说。后厨，本来空间就狭小，难免互相擦着碰着。又嘈杂，需要用眼神交流，这样便会制造默契，必然的。而且，后厨那样的氛围，又是火热的炉灶，又是团队精神的，要多刺激有多刺激。什么都有可能发生。大厨和年轻下手女孩晚上下了班混到一块去这种事儿，并不是在小说或电影里才有！米蕾叶有这样的担忧再正常不过。九年前，这样的事情就发生在她身上。有天晚上，她在罗朗工作的餐厅当了回临时工。

她知道怎么回事。她是过来人了。

话说回来，她对前厅这两个姑娘非常满意。完美。她们都是卫校的学生。这让她们工作起来有条有理而且她们肯定也要学习在任何情况下都保持冷静。摸屁股那下，真是好样的！被非礼的露易丝，但却是更强壮的妙莉叶去算了账。她戳到那家伙跟前，给了他一大嘴巴，然后笑着问他对服务是否满意，先生还有无别的要求。周围的人鼓起掌来，宴会照常进行。很是难得。

米蕾叶觉得无聊。她准备到后厨转一圈，看看男孩子们是否把一切收拾妥当有没有开始洗碗碟。这样明天，星期天的早上，她就可以少做一件事情。她推开门。金姆和阿德里安正坐在木条箱上喝着杯底的残液。他们应该喝了有一会儿了，这会儿收住了笑。看见米蕾叶走进来，他们也并不慌张，而是邀她共饮。她的第一反应，是臭骂他们一顿。可是现在是凌晨两点。连续工作十五小时了，毕竟啊……

她转身回到前厅，示意姑娘们到厨房来，从冰箱里拿出一瓶香槟，弹开瓶塞。

——来吧，这么晚又下雨，我一会儿送你们回去。谢谢你们。你们真给力。

他们举起杯子。

——干杯！

男孩们觉得加上这么一句更好玩：

——不醉不归！

就是这样。酒精让人犯傻。总之，这是三位女士此刻脑袋里的想法。她们可都还没动杯呢……

10

屋漏偏逢连夜雨

暴风雨是从凌晨两点多开始的。狂风，卷着雨水。相当吓人。玛德莲在她的小房子里一宿没睡。一整夜，她都在挪家具，拿盆和桶在漏水的屋顶底下接满雨又跑出去倒掉。筋疲力尽。

这会儿，她要去观察灾情。

她把放在鸡棚下的梯子拖到房子前，靠在墙上，放好，后退，确认放的位置，挪来挪去好几回。往右二十厘米，往左十厘米，确保梯子能稳稳卡住。她的双脚在一地烂泥里来回蹂踏。踩上梯子第一格时，她心说穿着裙子爬梯怕是不太方便，便转身回屋换裤子，这才发现她所有的衣服都被浸湿。屋顶有一处泄露被她忽略了，恰恰就在衣柜的正上方。

站在梯子前，她犹豫了，紧张得微微发抖，努力寻找勇气。她抬起一只脚踩上去，然后是另外一只，停下来，深呼吸，尽量不往地面瞅。还没爬到一半，她的腿已经开始哆嗦。脚下的空洞在诱惑她。她抬起头，看到一坨坨云在堆积。雨很快又得下起来。她闭上眼睛，一鼓作气爬了上去。到了顶，她才敢睁开眼，这才晓得屋顶是个什么状况。

冷雨滴又开始密密麻麻往下掉。玛德莲套上雨衣，往口袋里塞进她所能找到的所有塑料袋。又上了梯子。这回，没有一丝迟疑。她绝望地试图用塑料袋团成的球来堵住瓦片之间的漏洞。她很清楚这样的修补无济于事。但目前为止她没有更好的办法。

一心扑在拯救房子大业上的她，没有听见她的狗在叫。也没听见孩子们的呼喊。

——夫人！玛德莲夫人！

路多维克和路西安用尽浑身力气喊她的名字。稍远处，费迪南停下脚步往屋顶张望，看到屋顶被毁成这般，一脸痛心。小狗跑过来粘在他的腿边上，把脑袋伸到他的手底下求抚摸。屋顶上，玛德莲的塑料袋用完了，她开始下梯子。这才看到孩子们站在梯子脚下，朝她仰着脸，脸上全是雨水。他们在水坑里嬉笑着手舞足蹈，像两个小精灵，身上套着过大的防水衣。

——我，有，胡萝卜，可以，给，科奈留斯，也有，苹果……

她不敢看费迪南。不全是因为晕眩。而是不想看到他脸上写着的惊愕。

她心想这时候要是雨再下猛点就好了。那样就没人能察觉她的泪水，也不会听见她的抽泣。

棚子底下，科奈留斯叼过孩子们递给它的胡萝卜和苹果，摇头晃脑地咀嚼着。

——科奈留斯，见到我们你高兴吗？你喜欢胡萝卜，对吧？还有苹果？我们可以再坐一次你的车吗？

路西安很自豪地向费迪南证明，驴是可以听得懂人话的。

——这下你看见了吧？你之前还不信！

路多维克点着头，一副不能同意更多的表情，一面瞅着两个老人。就跟说起圣诞老人的时候一样。他为了弟弟装出同意的样子。这是年长者的特权。或者说，是不便之处……

费迪南帮玛德莲往屋顶上盖了张篷布。完事之后，他跟玛德莲说她应该给屋面工打电话，让他们赶紧过来。她把眼光投向别处。他也并不坚持。过了一会儿，他又补充道在此之前如果她想暂时放些东西到他家里那是一点问题也没有。她想了想，进了屋，几分钟后出来的时候手中抱着一个体积硕大的物件，裹在被子里。她把那东西放到了车后备箱里，轻手轻脚地，仿佛被子里裹的是个婴儿。孩子们十分好奇。她告诉他们那是把大提琴。大提琴很脆弱且不喜潮湿。就像人一样，要是在漏雨的地方待太久会感冒的。所以，在等屋顶修好的这段时间里，她将它托付给他们。

11

费迪南送孩子们回家

在车里，路西安低声偷偷问道，为什么她那么难过，那位养驴的夫人。路多维克告诉他是因为暴风雨，她的房顶太破了，所以被风刮走了。现在，可以肯定的是，她会被冻死的，这位玛德莲夫人。

接下来是一路的沉默。

到了农场，他们挨个巡查空房间，看哪里适合搁乐器。他们很清楚存放条件。不能离热源太近。但也不能太远。找的过程中，孩子们问费迪南为什么不干脆邀请玛德莲来同住。这儿这么大，地方多得是，再说屋顶也不会像她家的屋顶那样漏水。他笑着说他们还没熟识到他可以向她做如此提议的程度。那又是为什么？他解释说一般来讲人们只跟家里人分享房屋，很少跟外人同住。为什么？在别人家里，人们总是无法觉得百分百的舒服，因为品位和习惯不一样。为什么？到了这儿，他只能回答：因为，就是这样。路多维克嘟囔着："因为"，这可不是答案。费迪南十分同意他的看法，但他也没更好的论据可以提出来，于是选择不再接茬。拿出一副比起这些鸡毛蒜皮他有更重要的事情要思考的样子。

他们总算是找到了理想的地方，把裹着被子的大提琴放到了一张桌子上。他们掀开被子想看看里头的东西，但乐器外还套着一个保护罩，他们也就不敢打开。回头让玛德莲玩一下给他们看看，这个胖提琴，路西安说。接着两人都乐了。

吃过午饭，费迪南便送孩子们回家。

他们到的时候，米蕾叶正在厨房拖地。她冲他们嚷道别踩拖过的地方，他们只好等到她拖完地才过去亲吻她。她随即告知他们罗朗还在睡觉。他们得等会儿才能回楼上他们的房间里玩儿。费迪南听着不爽，不过表面上没给脸色，只是在齿缝间嘟囔着“真是个蠢货家伙”。米蕾叶装作什么也没听见。她说喝杯咖啡吧。他望向屋外。风又刮了起来，雨也下得狠。他拒绝了，说着急回去。吻别路多维克和路西安，他便离开了。

门在他身后一关上，米蕾叶便转向路多维克。

——咱们俩得谈谈。

骑自行车拽着路西安上路这一出，他知道迟早要付出代价。很正常，那是他的主意而且他是老大。但在米蕾叶还没来得及开骂之前，他一脸天真地问道：

——事实上，妈妈，下周还有宴席吗？

——没有，怎么啦？

——没什么，就是问问。

路西安呢，他倒是没管那么多，直截了当地表达了他的失望。

——唉。真可惜。

火上浇油。

路多维克于是赢得一顿臭骂。

12

路多维克宁愿被米蕾叶骂

我觉得吧，尽管她骂起来没完没了而且话也够狠——我妈妈她是有些严厉——被她骂还是比被罗朗骂好些。他吧，每次都要扇耳光或打屁股。我不喜欢他发火的样子，老翻白眼。他的脸会一下涨得通红，喊叫的时候那声音尖得跟女的似的。如果他启动骂人模式，那最好得想办法往门口挪，这样的话，一旦他抬手要打人，我们可以及时开溜。他从来不会追赶着我们下楼梯，尤其在他发胖之后，那会让他累得大喘气，像头公牛一样。他有天要死于心脏病发作的，我觉得。总而言之，如果他想抓我们，米蕾叶会阻止他，这是肯定的。他可不敢对她抬手，他太害怕她离开再也不回来啦。不过每次连他自己也说在教育孩子这方面还是他母亲说得在理。她叫亨丽叶特，他的母亲，真是个奇怪的名字。妈妈，她跟他说过她讨厌打小孩的人。她觉得打小孩非常恶劣，她总会想起她自己的父母。她小的时候老挨打。以至于有天警察来家里把她接到居伊姨父和加比姨妈家住了。他们对她很好。他们自己没有孩子，于是对她特别宠爱。她对所有人说他们才是她的真父母，尽管那是假的。

妈妈骂我们的时候，事情并不复杂。只需要做出对她所说的一切都同意的样子，哪怕得坚持好几小时最后还得真哭，并且扑到她怀里说我们都懂了，以后再也不会这么做了，嘿，这就完事啦。然后呢，还有特殊待遇，我们在晚餐前能得到杯可乐和一包薯片。有一次，除了可乐和薯片外，路西安还成功地要到了紫雪糕。那时候她的气都撒在罗朗身上，她对着他的耳朵吼所有都赖他，因为他，她怀了孩子，因为孩子，她的胸变得丑陋，面目全非。如果她一直单身就不会变成这样，她也还会漂漂亮亮的。路西安当时就在门口，听到这些话他像婴儿一样哇哇大哭。米蕾叶看到他的时候她也哭了，哭得比他还凶。她把路西安抱在怀里说这不是真的。她想的完全不是她说的那样。那么说只是为了让爸爸不好受。

这，倒是有可能的。

不过，至于她的胸，我觉得她说得有道理。有点下垂，还是。

总之，这一次，路西安和我，我们吃到了紫雪糕。

说实话，我太喜欢了。

13
费迪南很困惑

车开到通往玛德莲家的岔路口时，费迪南放慢了速度。但他没有停。他心想这一天到晚动不动就往人家家里跑，怕是玛德莲会误会。她可能还以为他想掺和她的事呢。这可完全不是他的作风。于是他便径直回家。雨点落得很密，让他除了坐在炉子旁喝杯小热红酒之外不想干别的事情。他想过打开电视，但开之前他瞟了一眼节目单，便泄了气。都是些没啥意思的电视剧，他得找点别的东西打发时间。他上了楼。看到散在地上的玩具和孩子睡过之后凌乱的床，他的心微微揪了一下。他们此时此刻说不定正在挨他们母亲的责骂。正常，只要她别对他们太严厉就好了，这是所有他能希望的。他收拾好东西，整理了床铺，然后开始找小棉花糖，没找着。它应该是出去遛弯了。看这雨下的，它一时半会应该回不来。这小家伙不喜欢水。

下楼的时候，他到搁大提琴的屋里转了一圈，掀开了裹着提琴的被子，但是跟孩子们一样，他也没敢打开琴罩。

最后，到了厨房，他开始团团转。

脑袋里装的是，暴风雨在他邻居家造成的破坏，屋顶穿洞，天花板漏水，寒冷和潮湿跟着入侵她的房子。单单想到这些就让他禁不住打起寒战。他倒是努力试过关心别的事情：听广播，玩填字游戏，翻看某本产品目录。但是没用，他总还是被拽回来。如果他开始思考某个词的定义，他注定要抬眼望天花板，他眼前便浮现漏水的样子。听广播吧，更糟。广播里讲的全是破了当季降雨纪录的雨情和气温的降低。躲都躲不掉。

于是他专心致志地阅读他的工具目录。最后几页是留给创新发明的，那是他的最爱。有点列平大奖①的意思，但没那么高端。食物碎屑选择收集器，伸缩长柄砂锅夹，让人穿袜不用弯腰的神器，或者给左撇子用的削皮器。他对那个不用擦拭就能把从地板到天花板的一切都弄干净且价格又低廉的神奇海绵很是动心。但他又怕会失望。还是继续想象那东西能用吧。所以，最好的选择，就是小心填好订单，但永远不要去寄。这次他也是这么做的。

白天即将结束，他把头一天剩下的意大利面热了热，看了电视里的新闻，换了半天频道，发现有部西部片正在播出。不过这次，他没觉得好看。里头那姑娘的确很美，但是在荒漠中骑着马被坏人围追堵截没吃没喝三天之后，她的发型看起来依然像刚从发廊出来的一样，脸上的妆容也完美无瑕，连衣服都不带褶子。本来，他都是不介意的，但这会儿，他觉得有点过分了。

---

① 由路易·列平（1846—1933）于1901年创立的发明大赛。

他关了电视，透过窗看着雨往下落。

猫还没归家，他觉得孤独又沮丧，便去睡觉了。

但他没法合眼。

各种思绪混杂在脑子里翻腾。悲伤、惭愧、气愤、内疚……他自责，他讨厌自己的冷漠，没人情味儿，他给自己找了各种借口，但都不满意。尽管他的猫回来了，在他脖子窝打着呼，以往这可是他的超级安眠药，他还是在很严肃地思考。他给自己把问题都问了一遍：如果、哪里、什么、如何，也没落下为什么。答案在他看来都是理所当然。这也太简单了，于是他开始怀疑。来回思索把他弄累了，他想到了一个解决办法：明天去问居伊和加比，他最好的朋友，这样更理智一些。就在让自己坠入梦乡之前，他习惯性地问自己他的亨丽叶特对这事会有什么看法。一下子，事情变得再清楚不过。凌晨五点半。他还有不少事情要做，一堆情绪要整理。更重要的是，他得好好琢磨这主意。他起了床，没打扰到棉花糖，给自己准备了咖啡，然后一边盘算着，等着合适的钟点到来。

14

费迪南练台词

到了玛德莲家门口，他却不敢敲门。他在脑子里把要说的话反复练习。语气要找好。用词要恰当。真不容易。那个……您好，玛德莲夫人。还是我，费迪南。我回来是想告诉您，我翻来覆去考虑了一晚上，掂量、剖析、琢磨，我不拐弯抹角了，跟您实话实说，您不能在这房子里待下去了。这房子现在的状况很危险。房梁老化得厉害，那房顶随时可能掉下来。您得离开这里，赶紧的。您知道，自从我的小孙子们走了之后，我一个人住在农场，就在附近，快俩月了。我那儿有好几间空屋子，有独立入口的，生活设施齐全。不久前我们三家人都住在里头呢，您知道的，三代同堂。一点没觉得挤。就是这样。事情很简单，您今天就可以住过来，等到这边工程结束，大概得花上一整个冬天和一部分春天吧，原则上。另外，如果您需要的话，我的牲口棚里也有地方可以安置您的驴，有鸡棚能搁您的鸡，还有……

他敲门了。

狗吠声传出，仔细用力听，才能听到玛德莲说请进。

她坐在一张椅子上，神情呆滞，浑身颤抖，她的猫蜷成一团睡在她膝上，浑身的毛都粘在一起。

——它回来了。我想它受伤了。

——您想让我给它瞧瞧吗?

——嗯，麻烦您。

费迪南在猫身上摸揉。狗很担心，企图阻止他，把小狗脸伸到他手里想把他们隔开，叽叽咕咕低声哀求他停下。他摸了摸小狗。然后用令人安心的口吻说小猫看来没有伤到筋骨，但这小东西应该是拼了命斗过的，浑身结满了痂。两三天，它应该就能缓过来。不用担心。猫的命硬。玛德莲长叹了一口气，咬着嘴唇努力不哭出来。

就这样过了一会儿。费迪南扶着玛德莲站起来，把雨衣披到她肩上。

——走，不能待在这儿，玛德莲夫人。

他把猫揣在怀里，带头走出屋门，她跟在身后。还有狗。

15

邀请

玛德莲在安乐椅上睡着了，猫蜷成一团卧在膝上，狗则睡在脚边。她和它们都不再发抖。费迪南趁机转回小房子，把怕水的东西都收拾出来，给剩下的盖上篷布。他回来的时候，玛德莲还睡着。他把从衣橱里收出来的湿衣服拿出来晾干。然后又和小狗一起回去，这一趟，是去喂驴和鸡。

天色渐暗。他回到家，往火炉里加了点柴，把汤放到火上热。小棉花糖以为晚餐时间到了，奔了出来。迎面碰上玛德莲的狗，一下子跟触了电似的，浑身的毛奓立起来，瞳孔放大，弓起背，一边朝着狗一通乱哈一边跟着了魔一样蹦跶，最后撒腿跑掉躲起来了。过了片刻，好奇心占了上风。它溜回来看新来者。老猫仍然睡着，这边暂时安好。不过，狗可是盯着它，耳朵趴着，尾巴直摇！什么意思？它自己只有生气的时候才这么做。可是，这狗，看起来挺高兴的样子。甚至是想跟它玩耍的意思。这是它第一次遇到一条狗。它犹豫着不知该采取哪般态度，很正常。

费迪南任由它们自己去解决问题。他现在要去储藏室取瓶红酒，摆好餐桌，吃块面包打发饥肠辘辘。汤继续在炉子的一角热着。经过的时候他揭开锅盖看煮到何等程度。尝了一口，觉得太稠，再加点水，搅搅。看看时间。玛德莲和她的猫已经用同一个姿势睡了三个多小时了。有点不妙。他走近前去，探下身子去听呼吸声。她轻声打着呼噜，猫也是。他这下放心了。这时候玛德莲突然睁眼，看到他猫着腰凑在跟前，尖叫了一声。费迪南和猫吓了一跳，狗开始吠，小猫遁逃。

她四下张望，一脸茫然。

——发生了……我不晓得……

——暴风雨？屋顶？

——屋顶塌了，是吗？

——不，不，没有，只是漏。但是漏得很厉害。

她站起身来，猫抱在怀里。

——科奈留斯！

——我已经喂过它了，还有您的鸡。一切都好好的。

——您确定……

——确定，确定。

他盛了一盘汤，邀她入座，把汤放到她面前，又问她喝不喝酒。她没敢拒绝。两口红酒下肚，她的双颊红润起来，脸上几乎有了笑容。他们随意地聊天，这至少让她能不太去思考眼前。

晚餐即将结束，她向他道谢，谢他的帮助，他的好心，在她睡觉的时候帮她喂了驴和鸡，如此贴心，谢他的晚餐，她觉得好多了，不过现在时候不早她也该回去睡觉了。她站起身，套上雨衣，收好他先前摆出来晾的她的衣物。费迪南很受伤。他本以为已成功地用举动让她明白了自己的想法。太失败了。他眼下必须找到适当的词句把想法表达出来。为了节省时间，他问她走之前要不要参观一下房子。出于礼貌，她说好。他们穿过自他的儿子儿媳孙子们搬走后就一直空着的屋子，上了二楼。他在找灵感。最后，他抛出一个含糊又牵强的开头，说起一个主意，不完全是他自己的主意，有意思的是，其实是他的小孙子们提出来的，长话短说——他开始发力——她的房子眼下是没法住了，他的房子里地方又有的是，所以他觉得自然而然应该建议让她住这儿，而且，当然，如果她接受他会很高兴的。他们脑子很有逻辑，我的小宝贝们，您不觉得吗？瞧，正好，您今晚就睡这间房吧。床已经铺好了。您只需要睡上去就可以了。明天您休息好了再来好好考虑接下来的安排。晚安，玛德莲夫人。哦，最后一件事。早晨，您是喝茶还是喝咖啡？

——茶。

——正好，我有茶。

往门口走时他经过狗身边摸了摸狗脑袋，随手带上了门。他很开心，他把想说的都说了，而且他觉得自己蛮有说服力。可不是那么简单的事。总之，明天再看她做什么决定。

而她，呆立在原地许久，身上还裹着雨衣，怀里抱着猫，狗在脚底。大脑仿佛短路。

——好，不过……那就，晚安……

16
早餐喝茶

——两小勺？好的。加开水泡多长时间？什么叫得看情况？也就是说，不太浓不太淡的话，得泡五分钟？行，行。好吧，谢谢你的意见。加比呢，她的流感好些没？……啊，妈的……但是……我不知道，米蕾叶什么都没跟我说……你更愿意让我去跟她说是吗？行。唉，我可怜的老兄。你要是需要什么，就给我打电话，知道吗？听见没，居伊？给我打电话。哪怕是半夜也可以打。要不然还要朋友干什么。替我亲吻她。我很快会去看你们。明天更合适吧？好，居伊。那就明天见，我的老兄。

费迪南看了眼钟。七点。太阳还没升起。他在碗橱里翻了半天，总算找到他想要的东西：一只大茶壶，一只茶杯和配套的碟子。这是亨丽叶特在大乐透赢来的。或者是五星彩，也许。总之，她那时候每个都参加。她应该是又瞄准大奖去的：一台蒸汽熨斗，但最后只得到茶具。他从来没用过，她不爱喝茶。她爱的是加菊苣的咖啡。他把茶杯放到水龙头下冲洗，擦干，把一套茶具和那个金色的金属茶罐挨着摆在桌上。还行，看起来不坏。

热水壶开始嗞嗞响。

他把水一点点倒进咖啡滤罩里，又想起刚才的对话。关于加比的消息。太突然。他娘的，太混蛋了。居伊回头该得独自一人了。不敢肯定他受得了。他们从来没彼此分开过。而现在一下子……费迪南想来想去，也想不出比这两人更相爱的人了。这个想法让他感动。他倒不嫉妒。他自己估计无法忍受两个人粘得那么紧。只是为了世上能有这样的存在而感动。

一阵下楼梯的脚步声打断了他的思绪。贝尔特来了，摇尾伸舌围在他脚边，小棉花糖紧随其后。费迪南一手把它举起来，紧抱着，用另一只手去摸狗脑袋。这俩似乎还挺对付，这就够好了。

他把茶壶放到玛德莲跟前，给自己倒了杯咖啡。他们喝着，一言不发。最后，他问她睡得怎么样。很好，谢谢。老猫是不是好点了。它从昨天就一直在睡，什么也没吃。很正常，它在恢复元气。但愿是这样。她是否有开始考虑……稍微。他故意沉默了一会儿。她并不着急宣布她的决定，他心想应该由她来决定什么时候宣布，便接着下个问题。加布里埃尔，她认识的，对吧。谁。居伊的妻子，一对跟他一样都是老农民的夫妻。加比，可不是，当然，她们是朋友，她们老一起去图书馆，但是有半个月没……她以后再也不能去了。为什么。她不干了。这个说法她难以理解。她该去那边报到了。那就是说……对，她时日不多了。喔。

——我明天要去看她。您是否……

——是的，麻烦您了。

——她会高兴的。

17

玛德莲不明白

吃过早餐，玛德莲套上雨衣和雨靴，和狗一起走了。这俩都着急着回自己家。离得远远的就听见科奈留斯大声叫着。她们刚走到院子门前那条小路的路口，科奈留斯就一路小跑过来迎接了。它自个儿竟然成功地把驴圈的栅栏给弄开了，像往常一样，它跑到菜园里转了一圈想找点东西充饥，啥也没找到，于是跑回院子里大声抱怨。玛德莲安抚了它好久，在耳朵边轻声细语地说好话，不过在发现它踩踏了菜园里的卷心菜之后还是呵斥了几句。然后她来到房子前，缓缓推开门。屋顶上盖的篷布没能抵挡住风雨，被掀翻了一半，随着风的节奏拍打着墙面。地上积水深有五厘米。一派凄凉。

一小时后，雨又下起来。

费迪南正在洗早餐的杯盘，听到狗吠，便去开门。贝尔特在门槛处专心致志地甩毛，把他从头到脚甩了一身水。它很高兴见到他，贴着脚一顿蹭直到把他的脚完全弄湿又得到足够的短暂爱抚之后便跑到火炉边躺下。

玛德莲穿过院子，怀里抱着两只硕大的花瓶。她的风帽被风吹翻，头发淋得湿答答的，水顺着脸往下流。

她径直走到他跟前，盯着他的眼睛。

——我没钱付房租，您很清楚。

——我什么都没问您要啊。

——那又是为什么?

——因为这很正常。

——什么很正常?

——互相帮助啊。

——我不明白。我们之前几乎从来没说过话，握手就更不用说了，您大概也就只是知道我这人的存在，而现在，一下子，您就让我……

——我明白您的意思。不过您别为这个伤脑筋了，玛德莲夫人。进来。

他把门开大好让她进来。她犹豫片刻，终于还是迈进去。他想帮忙拿花瓶，被她很生硬地推开。她紧抱着花瓶小跑上楼了。

再次下楼的时候，她脸上带着一丝笨拙的微笑，像是要为刚才的举动道歉。他对她说别担心，人嘛，多少总有点自己的小怪癖，不要紧的，您要知道。她回答说有天——但不是马上，因为这会儿她肯定要哭出来的，她脑子里千头万绪——她会给他解释为什么她非要自己抱着那两个花瓶。一两句话就能说清。用不了多长时间。

18

搬出，搬进

费迪南用拖拉机牵引挂车，玛德莲把板车往驴身上套。一小时不到他们就把她所有家当搬完。费了他们一些工夫的，是衣柜。他们把衣柜放倒，推到门口，然后就卡在那儿了。费迪南又推又拉试图将其挪动，气喘得跟牛一样，没用。就这么僵持了一会儿，玛德莲乐了。他开始担心，以为她情绪就要失控了。但很快便明白是眼前的场景令她发笑。他有些吃惊。在遭受了这一切之后还能笑出来，这……的确让人惊讶。总之，他是有些吃惊。他又开始推衣柜。大家伙在抵抗。玛德莲于是决定把衣柜留在这里其实也好。待不了多长时间，犯不着费那么大劲，她也没那么多东西要放，可以不用衣柜。

回到农场，他们把东西堆放到孩子们挑来安置大提琴的房间里。在一楼，离厨房不远。一间很明亮的小屋子。一点也不像她家里。

她决定要这间房，因为房间的窗户对着安置科奈留斯的牲口棚。能看到她它会安心，而她也能监督它。刚到棚里科奈留斯就开始研究栅栏的锁。它应该用不了多久就能找到打开的办法。顶多两三天。它一旦到了外头会做什么，这是问题所在。这是一头喜欢随意溜达的驴，参观周围，尤其是菜园。费迪南很可能不会欣赏种植园里的蹄印。只有她还觉得这事好笑。不过也不总是笑得出来……

她收拾好东西。身后一声响，她转身，吓了一跳。科奈留斯的鼻孔贴在窗玻璃上，斜眼看着她。

现在只缺挂块窗帘了，如果她想要有点隐私的话。

19

居伊和加比

居伊给加比梳着头，她的发丝是那么细，那么脆弱，他生怕弄断，拿着梳子几乎只是轻轻掠过，将将能把头发抚平。梳完头，他问她要不要用发卡把刘海别起来。她说好。他找她最爱的那只，有朵白色大花的。山茶花，是吧？她很不满。都跟他说过一千遍了：是栀——子——花。他就是记不住。好吧，她已经准备完毕。他冲她笑着。他觉得她很美，她在他眼里读到了。这次回家之后，他再也没给她拿过镜子，每次她要镜子，他总是打马虎眼，说忘记放在哪儿了。她想大概他是把镜子打碎了还不愿承认。就像一个害怕被责备的小男孩，他撒了谎。小谎。还好。正好够用。至于镜子，她并不介意听到它已经碎成一千片的消息。相反，有些日子了，她不再爱往镜子里瞅。镜子应该是进了水，或者镜底拱了，总之她已经认不出里头的自己。而在居伊的眼里，至少，她还是那个加比。他不会停留在表面。不像那只劣质的镜子。他会潜到她深藏的地方去找她，用爱给她光亮。

有他在身旁，她知道那个时刻到来的时候她不会害怕。

居伊拿出小糕点，备好茶和咖啡接待客人。

他和费迪南先到花园里溜达一圈，抽上几口，玛德莲这会儿正在给加比按摩腿。很受用。半个月来她躺在床上无法起身，她感觉浑身的血液都不循环了。这下可好，回来了。而且她也觉得没那么冷了。她想说说话，于是让玛德莲靠近点，这样说话不会太费力。即使变得瘦弱无力，呼吸也有些困难，她的眼角也总还带着欢快的光芒。她问起科奈留斯的消息，你的驴，它又搞出什么名堂逗你笑。玛德莲给她讲科奈留斯学会自己开围栏的锁，讲它跑到菜园里溜达，还踩坏了她的卷心菜以示报复，因为她把它单独留下过夜。要命的畜牲，这家伙。她脸上的笑容消失了。唉，你瞧，我的小玛德莲，我就要走了。是啊，加比，我看到了。我以为事情不会来得这么早，有些事情已经让我怀念了。哪些？告诉我。我好想再过一回春天，看看树上的花苞，英国山楂花，还有丁香花的味道，蜜蜂采蜜的声音……还有什么？还有，听你拉大提琴。哦，加比，求你了……你还记得有一回你给我听的CD吗？那样的音乐真是美……可是加比，你知道，我不能……算了。我只是很想，仅此而已。去吧，现在去叫费迪南过来。不然我一会儿太累就没法和他说话了。

费迪南在床旁边坐下。

你总是这么会打扮，我的小加比，瞧你的发卡和山茶花。她忿忿抗议：栀——子——花。啊，对，真是奇怪，我就是记不住这名字。

她示意他再倾身靠近些，在他耳边细声地说。说她走了之后，他得好好看着居伊。因为，居伊没有了她，一开始可能会有困难。得时不时提醒他该做的事，他的责任。米蕾叶和两个孩子，他们会需要他的。她怕他会忘了。还有，万一如果他想去找她了，最好跟他说他们会有大把的时间可以在一起。也许，永远？她看着费迪南，等待他的答复。他很是触动，吻了吻她的额头。当然，他会跟他说的。如果她的男人溜得不利索的话，他会照着他屁股来一脚的。他办事，她大可放心。加比笑了，合上了眼睛，说了这么长时间的话，她精疲力竭。好吧，现在，她可以安心睡去了。

20
加比的紫罗兰香

米蕾叶听到加比消息的时候，第一反应是带她再上医院。肯定是有人弄错了，拿错了病历，最开始只是一场重感冒而已，不是么？为什么没人听她的话？然后，她就明白了，这不是错误，加比真的要死了。她有种被背叛的感觉。这是她这辈子第二次遭到一位母亲抛弃，她永远也无法原谅。在此之后的两天里她都没有去看加比。第三天，居伊找来了。他们哭了很久。最后，他们相互看着，拥抱。他们有着同样的痛。他们要肩并肩，努力站直。

第二天，玛德莲打来电话。她上午晚些时候要过来。加比已经很虚弱，但她还是要求居伊为此给她特意打扮。她挑了那条脖领上一圈蕾丝的黑色连衣裙。然后要居伊给她梳头。他用梳子轻抚她的头发，别好发卡，这样刘海就不会搭落。就是那只带栀子花的发卡。最后，她要求在耳后喷点香水。紫罗兰香的那款，春天的气息。就这样，她准备好了。玛德莲也到了。打开大提琴琴罩，她的手在颤抖。她在床边坐下，闭上眼睛，准备拉琴。提起琴弓之时，她不再颤抖。她演奏了某天她拿CD给加比听过的那支曲子。加比觉得现场的演奏比录音更美。曲终，她合拢双手想鼓掌，却没有力气拍出声响。她示意让玛德莲靠近，在她脸颊上亲了一下，玛德莲向她道谢。加比嗔怪道：啊不，现在该是我说谢谢。这是第一次有人给我开音乐会。山羊粪！要是错过了这样的事我该得多悔恨哪。

她们像小姑娘一样，扑哧笑了出来，然后紧紧拥抱。玛德莲轻声说道："你去了那个地方，说不定会碰到我的女儿们……""会的，我会替你亲吻她们的，我保证。"

三天之后，加比死了。

居伊就在她身旁。他一直拉着她的手，她没有害怕。

21

路多维克的信（刨除语法错误）

亲爱的加比姨姥：

我希望你过得好，希望你在的地方比我们这边暖和。昨天夜里都上冻了，居伊姨姥爷不得不把你的柠檬树挪进屋里，不然它肯定得死掉。你瞧，我们这儿就是这样的天气。已经变成冬天了。

我给你写这封信是因为我有些事情想跟你说，以前又没时间说。

我摔坏了你送我当生日礼物的旋转木马上面的灯。但我不是故意的。它放得太靠桌边了，电线绊到了我脚上。像往常一样，罗朗想扇我耳光，被妈妈阻止了。我真是受够我爸爸了，你知道的。我在想他们什么时候离婚啊。妈妈老是生爸爸的气，甚至有一次她说他是可怜的蠢货。我知道我不应该跟你说这些，因为她毕竟还是你女儿，你知道她讲粗鲁的话会难过的。但如果你认为你没把她教育好，那我可以发誓这不是真的，你做得很成功。不要担心。再说，你可以完全不在乎的，因为脏话其实没什么意思。我经常说，我知道这些话什么意思也没有。我喜欢你经常说的脏话，山羊粪，很搞笑。路西安老说山羊粪，还有糟了，跟费迪南一样。他还小，所以还好，不算可笑。在我们班上，我们说的真正的脏话，比如婊子，或者蛋疼。不过我们比较大啦，所以才说。

以前，你还在的时候，妈妈没有那么怕这怕那。现在，她时时刻刻要我们跟她在一起，要是我们摔倒了或得了感冒，她立马就觉得我们马上也要死了。这对我们来说可不好玩。我希望别一直这样。

居伊姨姥爷很难过，但我们去他家的时候他努力不让我们看出来。他想让我们觉得一切正常。有时候他还试着说笑话，但一点也不好笑，所以我们也不是每次都笑。米蕾叶也是，她做出一副还好的样子。只不过，有天夜里我听见她在哭。没了爱人或妈妈，哭也是很正常的事。总之，如果我没了我的妈妈，我也会哭的。如果是爸爸的话，那就无所谓了。

就是这些，加比姨姥，这就是我想写给你的。

如果你想回答我或跟我说点什么，你可以到我梦里来。我会在早晨醒来之后努力回想。

深深吻你。

签名：路多维克

非常爱你的外甥孙

路西安让我在这封信里写他也亲吻你。我看到他给你画的画了：是一只蝴蝶。还有，你会看到的，他的签名超级难看。

22

西蒙娜和霍唐思在等待

十一点。

西蒙娜和霍唐思等了有一个小时了。她们坐在门对面的椅子上，织着毛线。

这天早晨，她们起得比往常早。西蒙娜先往炉子里加了点柴，把咖啡壶里昨天剩下的咖啡放到隔板上加热。然后她脚上拖着旧拖鞋又回到房间，和霍唐思一起从衣柜里拿出黑色连衣裙，云纹毛线开衫，膝盖处鼓起大包的羊毛连裤袜，带毛里子的高帮皮鞋，还有带仿卷毛羔羊毛皮领的冬季大衣。这些衣服有好一阵子没见光了，带着一股压箱底和一点樟脑球的味道。霍唐思正思索着有多长时间这些衣服……还没来得及把问题说完，西蒙娜已经脱口而出。

——整一年。自从阿尔弗雷德死了之后。

——阿尔弗雷德？这人是干吗的？

——铁匠啊，瞧瞧，霍唐思，好好想想！

就在这时，厨房里的咖啡开始沸腾，西蒙娜赶紧奔过去把咖啡壶从火炉上挪开，霍唐思跟在后面尖声喊着：咖啡开了，咖啡坏了！这当然让她很恼火。不管开没开，她们都还是把咖啡喝了。不好喝，但是她们没糖可加。购物清单上漏掉的一项。就是这样，霍唐思脑子里有些窟窿。

窗沿上，有只半只耳朵被撕烂还有条残腿的猫开始喵喵叫，可怜兮兮的。西蒙娜打开窗户让它进屋，还故意提高音量说话好让比邻房子里的人听见。

——你饿了吧，可怜的家伙？来，进来，我们给你牛奶喝。在这儿怎么着也不会太凄惨的，是吧。

她关上窗户，嘴里还在嘟囔。

——那边还真是可以由它饿死，这家伙。我觉得吧，那些人，胸口长的不是心，是石头。

她们给倒了一大碗牛奶，然后坐下来看着它一点点舔着喝。它不紧不慢地，用爪子捋完胡须又擦了擦下巴。就在它想蹦到西蒙娜膝上求抚摸的时候，她腾一下站了起来，生硬地把它推开，打开窗户让它出去了。

——该干吗干吗去。明天你再来找抚摸。可不。不然这小脏玩意儿总归要把我们弄迟到。霍唐思，九点啦，老天！得赶紧了。

她急忙忙地跑进卫生间。霍唐思瞟了一眼站在碗柜旁的便签。九点：鹦鹉。九点十分：梳洗。跟她想的一样。她打开鸟笼，换了水，挂了一串新的小米穗，然后看着鸟儿们啄食。

就在这时空洞经过。

她用眼角余光确实看到时钟指在九点十分的位置上。她很清楚地知道她应该做点什么事情。更糟糕的是，她刚刚明明知道要做什么事情。可是突然一下归零，她不想动弹了，什么也不想干。不，只想做一件事情：待在这里看着鸟。那正是她眼下在做的事。但过了一会儿，她心想西蒙娜上完大号出来看到这一切会很不高兴的。她得自己醒过来，回到正轨上。那么，赶紧，闭上双眼，在脑子里把要做的事情演练一遍，那些高水准的运动员在赛跑前老这么干。十点十分：梳洗。打开洗手池下的柜子，拿出两只大盆，取下沐浴手套和水勺，从炉子上的大锅里舀热水，别洒得满地都是，装满西蒙娜的盆，红的那只，再装满她自己的盆，蓝的那只，套上沐浴手套，擦擦香皂，先从脸和脖子开始，接着是腋下，然后是两腿间……

毫无起色。她开始惊慌。

就在此时，西蒙娜从卫生间出来了。她发现了事情的异常。她轻轻地走到霍唐思身旁，拉住她的手，在她耳边轻声细语，就像在跟梦游者说话一样。

——不要紧，我的霍唐思。看着我。瞧，我没有生气。不管怎样，咱洗澡了没，又能有什么不一样呢。谁也看不出来的。那是咱俩的秘密。你等着吧，我们会玩好的。有人过来行贴面礼的时候咱可别互相看，知道吗？不然我会把持不住。况且，想想！要是咱们身上味道太不好闻，那就洒点古龙水，比往常多洒点，这不就结了！

霍唐思咯咯笑了出来。

她们穿好衣服，一边小声尖叫着一边喷着香水。然后坐到大门对面的椅子上，掏出毛衣针和羊毛线团。

现在是十一点了。她们已经织了一个多小时毛线，等着有人来接她们。

霍唐思打起了盹，鸡啄米似的。她已经想不起来今天这是要去哪儿，但她信任西蒙娜。西蒙娜她的记忆没有窟窿，她甚至不用做小笔记，什么都记得清清楚楚。她们要是没在一块的话，她霍唐思就该迷失了。彻底地。

23

然后，在居伊家

餐饮由罗朗负责，没什么太复杂的，但他希望食物能滋补提神。天很冷，万圣节该有的天气。所以，先来一道蔬菜汤，他还特别在给孩子们的汤里放了字母状的面，希望能博得他们喜欢。然后是肉馅卷边饼和小土豆塔。既能填饱大家的胃，吃起来也方便，可以直接用手。能少洗点盘子。

这会儿他又加香料热了些红酒。热酒很受欢迎，已经几乎被喝光了。

众人的脸颊都像着了火，两眼发光，高声说话。但这并不单是红酒的责任。人群里大半是老人家，而且并不是所有人都有助听器。难度备增。

角落里，米蕾叶在和玛德莲交谈。

这是她们之间第一次连续交换三句以上对话。但现在不一样了。加比生前和玛德莲是好朋友，这必然在米蕾叶和玛德莲之间搭起桥来。米蕾叶感谢玛德莲给她的姨妈演奏大提琴。琴声那么温柔，抚慰人心。她都不知道她原来是音乐家。她又如何能想象得出呢，她看到的玛德莲，是拉着板车和毛驴、在集市上卖水果蔬菜的那一个。那天，也就只有加比提出的要求她才无法拒绝。她已经很久没有拉过大提琴了。好多年。米蕾叶不敢问原因，应该是严重的事情。也许下次再问，或者等她们熟络一些。在此之前，她希望她的孩子们能学点乐器。路多维克和路西安，她的两个宝贝。她得认真考虑这个问题了。

费迪南、雷蒙和马塞尔陪居伊来到花园。四个人在一条长凳上坐下，一言不发地望着眼前。

没过多久，敏娜和梅丽也来了，一脸大事不妙的样子。

——卢米埃姐妹，咱们把她们给忘了。

四个男人腾一下蹦起来。

——妈的。

他们风风火火地穿过屋子，套上外套，上了街，在费迪南的车前停了下来，他的车停得还不近。居伊从费迪南手里夺过车钥匙，他是四人里头唯一只喝了一杯酒的。发动汽车。其他三人跟在后面走着。

其实房子离的还不到五十米。到了跟前，他们很犹豫，窘迫地寻思着说什么话来表示歉意。还没敲门，门却开了。是霍唐思，她这会儿什么都记起来了。

——你们可想想，我们还以为葬礼是今天早晨呢！我们家有时候也颠三倒四的，哎？

四个大男人倾身去亲吻她们，西蒙娜咯咯笑了起来。霍唐思对她瞪大了眼睛，但是没用，相反，她笑得更厉害。

霍唐思有些尴尬。她把西蒙娜往外推。

——走走，上车，西蒙娜！

然后，趁人不觉：

——别笑啦。他们该怎么看咱们啊。你真让我难为情。

24

看望居伊

费迪南。

葬礼之后的日子。

费迪南去看居伊，不请自来。如果他没来给他开门，他就绕到房子后面，从厨房的门进去，厨房的门总是开着。他发现居伊开始放任自流了，忘了吃喝，不记得梳洗，有些天甚至不起床。唯一让他付出点努力的机会，是米蕾叶和孩子们来的时候，每周三和周六。只有这些天，他才会穿戴整齐，收拾屋子，打开百叶窗。剩下的时间里，他只能枯坐着，啥也不干。整日整日的。一切对他都索然无味了，很明显。

费迪南很担心。他试图找些借口把他拽出家门。提议去咖啡馆见见人，招呼朋友，来一局多米诺。但他不感冒。除了米蕾叶和孩子们，只剩一件事能把他从迟钝中提溜出来：谈论加比。这时候他就来精神了。他需要回忆，需要说出来。忘掉跟她有关的事情这个念头让他万分惊恐。费迪南听着。他很清楚居伊需要很长时间来适应没有她的生活。数月，或者数年。也许他的伤口永远不会愈合。很可能。有一件事是肯定的，那就是他不会坐视不管。他答应过的。况且，坐视不管朋友这样的念头压根就从没在他脑子里存在过。

玛德莲。

星期六，集市尾声。

玛德莲把木条箱装到板车上，前去看望居伊。她敲门，他没有来开。房子里一点动静也没有。她绕了个圈，穿过花园，敲打窗玻璃，就像以前每次她来接加比去图书馆的时候。她把脸贴到玻璃上，才看到有个人影。居伊坐在厨房的桌子前，双眼发直，毫无反应。她推开门，走到他身边坐下。耐心地等到他回头，看着她。他的眼睛深深陷进眼窝，仿佛开口朝里。他的声音，像丝线。

——都没意义了。

在她面前说这样的话他不会觉得羞耻，她明白他的感受。加比给他讲过玛德莲的苦痛。

她摸着他的手背，低声说：

——她会希望你再努把力，我觉得。

他不想在她面前哭。很快，他站起身，走出厨房。

——玛德莲，您不介意烧点水吧？我很快回来，一分钟。您留下来陪我喝杯茶吧……

米蕾叶。

周日晚上。

孩子们已经上床。时候尚早，她毫无睡意。她决定把吧台后面扫一扫。罗朗，他已经上楼睡觉了。她听见他在打电话：嗨，爸爸。真可笑，在他这样的年纪。她怨他。这个，和其他一切。尤其怨他竟然不明白她现在难以独处。算了，不管那些药了，她给自己倒了一小杯雪利酒。仰头喝干。又看了眼时间。八点半。还好。

她来到居伊和加比家门口。又是一件难以释怀的事。从此以后，这里就仅仅是居伊家了。这一切都那么让人不知所措。

百叶窗帘紧闭，没有任何光线透出。她敲门。没反应。她绕了个圈，穿过花园，敲打厨房的窗玻璃。依然悄无声息。她按下门把手，门开了。她喊了一声。无人应答。开灯，发现乱成一团，水槽里脏盘碗摞成山，剩饭菜残留在饭桌上，脏衣服直接甩在地面。她从来没见过这座房子处于这样的状态。她跑上楼，猛地推开居伊房间的门，看见他穿戴整齐躺在床上，她尖叫了一声。他扭头向她，吓了一跳。

——我没听见你进来。米蕾叶你怎么了？你为什么叫？

没什么。她只是需要看看他，仅此而已。她很担心因为叫他他不答应，又看见屋里的混乱境地，也有些惊慌。所以她才上了楼。看到他穿戴整齐躺在床上，她还以为……他死掉了。他们一起下到厨房，她需要喝点东西。他提议来杯雪利酒。她要水，因为药的缘故。一饮而尽。好多了。她轻柔地吻了他，告诉他不用担心，会好起来的。她现在回家，明天早晨过来帮他收拾屋子。

25
罗朗来电

——嗨，爸爸。

——是你吗，罗朗?

——当然。还有谁会管你叫爸爸?

——也可能是里奥奈尔从澳大利亚打过来。

——上次他打电话是什么时候?

——我不记得了，去年圣诞节，也许。说说，有何贵干?

——没啥特别的。我好几天没见你在广场对面的咖啡馆拿拐棍绊小姑娘了，所以我想……一切都好?

——好，好，都好。

——你一个人不会太无聊吧?

——不，一点也不。

——你有事情做吗?

——我有一大堆事呢。

——是嘛。

——你呢？餐馆？

——还行。

——孩子们呢？

——也好，也好。

——米蕾叶呢？

——她重新开工了，这能让她想点别的东西。吕班大夫还是给她开了点抗抑郁的药，你知道的。

——吕班？这哥们儿还没进监狱吗？

——每次……也许咱们应该避开这个话题。

——你说得对。总之，谢谢你打电话过来。

——这很正常，爸爸。

——还是谢谢你。话说，罗朗，你知道你六岁和八岁的孩子都叫我费迪南。你难道不觉得……

——等等，这有什么问题吗？我叫你爸爸让你难受，是吗？

——不是，但是人到了四十五岁，可以想象……

——这跟年纪有什么关系？不管怎样，我没法管你叫别的，现在改口太晚了。这也太过分了。我打电话来问你好，你给我扇一嘴巴！你总是在攻击，哎。瞧我，我现在累坏了。八点半，我要去睡觉了。好吧，再见，爸……费……啊，妈的，我话都不会说了。

——没关系，罗朗。晚安，儿子。

费迪南回到厨房桌前坐下。

今晚，准备晚餐的是玛德莲。

她只用她自己菜园里出产的东西，她的蜜蜂酿出的蜜，还有她养的鸡下的蛋。她解释说自己养的动物她没勇气去杀，因为多少总是有些感情。所以，问题就此解决，她不吃肉了，这样也挺好。当然，他没有过多追问，但明白了她主要还是没钱买肉吧。三天前，他做了鸡肉，她也吃了，还称赞味道好。

除此之外，关于她，他又了解到一些小事情。她是波兰人，而不是他想象的俄罗斯人或匈牙利人，她的名字是玛德莲娜，不过这里所有人都管她叫玛德莲，二十多年前嫁到这里，这也解释了为什么她的法语说得如此之好几乎没有口音，她还是音乐家的时候在许多国家工作过。他很想知道为什么她不再是音乐家，但没敢问。肯定是很严重的事情。眼前没必要再雪上加霜了。

她端菜上桌。他做了个鬼脸。

——您不喜欢大头菜？

——不是，只是它们不喜欢我。

——我搁了点小苏打。

——哦？为什么？

——可以去除不好的副作用，胀气什么的……

——您觉得那玩意真有用吗？

——会有不同的，您瞧着吧。

——但愿如此。

她乐了。

——要不，晚饭后可以在外面喝咖啡。您就不必担心。运气好的话，应该不会下雨。

费迪南想到了亨丽叶特。和她在一起的时候，他可从来没拿这种事情开玩笑。

吃过晚饭，他们出了门。倒不是因为大头菜的缘故——小苏打对付胀气还是很有一套的——而是因为科奈留斯很大声地索取关注。这是一头非常独立的驴，进出都由它自己决定，它随时会到农场里逛一圈，还爱花时间研究各种门和栅栏的打开方式，尤其是菜园的门，不过，一到晚上，它会要求人们在睡觉前来和它道声晚安。像个孩子。

26
米蕾叶有所求

米蕾叶到了农场院里，厨房的灯还亮着。她很讶异竟然还有狗吠声来迎接她。费迪南那条蠢狗威尔克洛六个多月前死掉的时候他还发誓再不养狗。他应该是改主意又忘记通知他们了。她顿时感到恼火。但很快便端正了态度。她有求于他。她对自己说，这个可怜的老头，他总还是有权利有些怪念头的。况且，对抗孤独，养条狗也不是件坏事……

她下了车，狗狗认出她来了，跑到跟前摇尾巴。米蕾叶很困惑。

费迪南打开门看到是她，有些惊讶。这是他们搬家后她第一次来农场。将近两个半月了。而且，都几点了，她之前也没打招呼……他开始担心。罗朗一小时前打来电话但没说什么要紧事，难道是孩子们出事了？她摇了摇头。不，一切都好。她看起来非常疲倦，重重地坐到椅子上。玛德莲问要不要咖啡？还是来杯茶汤？她想要更猛一点的。红酒，如果有剩下的话，她想来点。玛德莲去取来她那著名的李子酒，费迪南拿出三只杯子。碰杯。玛德莲借口要照顾她的老猫，让他们二人单独相处。

她一离开，米蕾叶看着费迪南，笑在嘴角。他预感她马上要说蠢话，赶紧先开口夺取优势。他解释了玛德莲为什么在这里。风暴，漏水的房顶，坍塌的可能，邀她来家的决定，自从他们搬走之后便空荡荡的大房子。还补充说明一开始她拒绝了，必然的，不过他成功地说服她答应住到自己的房子修补完毕。米蕾叶半天说不出话来。最后低声嘟囔着说她完全没有想到是这样，好像只是说给她自己听的。这么长时间以来……没错，她自以为了解他，他男人的爸爸，一个有些生硬冷漠的老家伙，真心谈不上可亲，而这会儿……

——好吧，米蕾叶，你来这趟就只是为了说这个?

——不，我是想跟您谈谈……不过等等。说那个之前，我还是想知道您为什么没把这事告诉别人。

——为了避免误会。人们有时老想象一些傻不拉叽的东西。你知道的……

——您说得对。

她又给自己倒了一杯酒。

两杯雪利酒、一剂抗抑郁药、两杯李子酒下肚之后，她开始解释她来这里的原因。

她的姨父居伊境况很不妙。他肯定也注意到了，他完全放任自流了。就这么几天时间，他瘦了那么多，太吓人了。眼圈乌黑。还有他的眼神……孩子们不再想去看他了，他吓着他们了。

他就像个幽灵……

她哭了起来，但还是接着往下说。

也许，如果不是一个人的话，他能重新找回生活的滋味？他会干点什么事情，照顾孩子，也能照顾她。她需要有人照顾，尤其是现在。如果他不是独自生活，兴许他会好些……

费迪南轻轻拍着她的手。她靠到他身上。第一次他们俩离得这么近。他不太习惯，翻了翻衣兜，掏出纸巾递给她。她很响地擤了鼻子，等着他的回答。

——你的姨父固执得像头驴。如果他不愿意的话，是很难让他改主意的。

——但如果是您去跟他说，也许能行……

她等他给一个肯定的答复。

——我明天就去看他。

酒精和药的混合终于见效，米蕾叶是完全无法开车了。费迪南拿过她的车钥匙，把玛德莲的自行车丢进后备箱——他自己的自行车车胎全瘪了——把她送回了家。

回来的路上没有下雨，运气还不错。不过他已经很久没骑过自行车，一路上他不得不停下歇了好几次。

心里清楚明天他就得尝到苦头了。

27

跌打活络油

果不其然。醒来时，费迪南的腿又僵又痛，尾椎骨简直像碎了一样。疼到他没法坐也没法站。七点半，他只好喊玛德莲来帮忙。她拿上来一瓶自制的跌打活络油。对她有用，他不妨试试。他很是怀疑，但也没别的选择。他按照她说的使劲搓，还真觉得好些了。他没太费劲地下楼到了厨房，称赞她的宝贵处方真有神效。当然，他特意留心没说“祖母的老药方”，这可怜的，都没孙子。他无意冒犯她。

她喝茶，他喝咖啡，一边喝一边聊起头天晚上。她觉得米蕾叶连招呼都没打就跑过来看他这事还挺感人的。更何况还是第一次，如果她没理解错的话。她看起来就像个小姑娘。那么不知所措，那么脆弱。费迪南撇撇嘴。他认识她有些时日了。好吧，即使她给人一副娇弱可怜之类的印象，也别太当真。这个小米蕾叶。比如说，对她的孩子们，她就特别严厉。对于他，她千方百计阻止他去见孩子们，借口是他老说粗话。可是实际上呢，他非常注意。不过吧，他也不否认，昨晚她确实很柔弱的样子，这倒是真的。她专门跑过来跟他说居伊的事这一点也让他颇为感动。

他们试着想象了如果万一三人同一屋檐下该怎么安排，在房子里巡视了一圈。

互相祝愿美好的一天后各忙各的去了。

玛德莲耽误了不少菜地里的活儿。她得抓紧不下雨的当口种上大蒜和冬季的小洋葱，撒上蚕豆和豌豆种子，赶在土地还没上冻之前。

28

居伊瘦了十五公斤

居伊没有来开门。费迪南穿过花园绕道后面，但厨房的门紧锁。他只好敲碎一块窗玻璃才得以开门进屋。

现在，他们俩个挨个，在床沿坐着。费迪南在讲责任。讲米蕾叶和孩子。说加比肯定不愿意看到他这样自暴自弃。她肯定会难过。但是最重要的是，她肯定会无比厌恶他十五天不洗澡不刮胡子。确定一定以及肯定，她会要求离婚的，这家伙臭死了！居伊轻轻笑了笑。

楼下，米蕾叶在洗碗。她打碎了一只杯子，大声喊：烦死啦！费迪南扬了扬眉毛，做惊讶状。心里暗自幸灾乐祸。

行了，居伊答应去洗澡。费迪南扶着他站起来，他几乎无法站立。也难怪，他在半个月里掉了十五公斤，本来他就不是太厚实。他从衣柜里拿出干净衣裳，扶着费迪南的胳膊穿过过道。来到浴室前，他把他推开，让他到楼下等着。洗澡，他还是能自己来的，他还没到卧床不起的地步。

一小时后，他下楼来，干干净净，胡子也刮了。米蕾叶给他弄了吃的。茶、面包片和炒鸡蛋。他做了努力，但吃东西还是有些困难。

十点一刻，米蕾叶得去上班了。她拥抱了居伊，用手摩挲着他的背，好像为了让他暖和。他在她耳边轻声说道别担心，很快会好起来的。她往后退了点，看着他，他微笑着，她愿意相信他，便轻轻和他吻别。就在打开门已经要出去的时候，她又回来亲吻了费迪南的脸颊。在此之前的每次她总是能想办法只是远远地和她爱发牢骚的公公道别。

现在只剩下他们两个了，费迪南开始进攻。他也不拐弯抹角，上来就问如果有天得离开这座房子他最挂念的会是什么。居伊不假思索答道：没有。费迪南乱了阵脚，他没想到会得到如此干脆的回答。那么居伊便给他解释，很简单。他也好，加比也好，都没太喜欢这里。退休之时，他们不得不卖了农场还了些债，拿着剩下的钱，他们能找到最好的，就是这座房子了。就是这样。

费迪南亮出底牌。他把他、米蕾叶和玛德莲的打算向他和盘托出。居伊当然拒绝。但费迪南并没有就此罢休。之前他已经成功地用他的说辞和理论说服了玛德莲，有了这第一次，他不怕第二次。这个居伊，他对他是知根知底。这是头倔驴。要让他往前进，不能推也不能拉，得照着相反的方向来。

他这么磨了一整天嘴皮子，不行。

最后，他词穷了，把他的外套往肩上一甩，说道：

——居伊，你不能一个人待着，这样对你不好。来吧，咱们走。

29
农场二加一

居伊拒绝带走任何衣物。甚至一件睡衣也别想。这倒没触怒费迪南，相反，他觉得这样挺好。这意味着居伊还没跌到谷底！睡衣嘛，他还有几件，可以先借给他。自从玛德莲住到他家来之后，诡异得很，他不再做那个在温暖的热带泻湖蓝色的湖水中和海豚一起游泳的梦了。一方面，他觉得有些遗憾，因为这个梦做起来还是很舒服的。不过另一方面，他也不再尿床了，这倒也好。

他们到达农场院子里时，科奈留斯正在厨房门口研究门把手。再给它几分钟，它肯定就能把门打开了，毋庸置疑。居伊以前就听加比讲过它的壮举——他还记得她说起它时的欢快，真不是一般的畜牲，这头驴——但他一直未曾亲眼见证。对于费迪南，那是大不一样，他已经领教过菜园里胡萝卜被踩烂等诸如此类的章节，不再觉得那么有意思了。所以他的第一反应，是恼火。但一看到居伊的表情，他马上就不火了。他恨不得能邀请驴儿进屋，坐在沙发前和他俩一起喝一杯，只是为了它带来的居伊的笑脸。的确是不一般的畜牲，这头驴。

他们上了楼，费迪南让居伊在做出选择前先待在原来亨丽叶特的房间里。床很舒服，房间的装饰全都是孩子们的杰作。这两个小坏蛋上回就是在这儿睡的，骑自行车离家出走那次……

费迪南为晚餐准备了汤。大葱、胡萝卜加大麦粒。天黑下来，他听见有狗在挠门，便去开门，它兴高采烈，又跑到居伊跟前蹭来蹭去求抚摸。好像是再自然不过的事。玛德莲脱掉靴子进了屋，她被一天的农活弄得筋疲力尽。只想马上换身干净衣服，喝碗热汤然后倒头睡觉。看到居伊，她的眼神冒出光芒。她过去亲吻他。费迪南也沾了光！她从他前面经过时看了他一眼，眼角带着一丝浅浅的笑意，脑袋还特意歪了一下，以一种不易觉察的方式为他成功地把居伊带来表示赞赏。就在走进她自己的房间之前，她像突然想起来似的转身回来亲吻他的双颊。她从来没这么做过。更何况他俩还一直以“您”相称。

吃过晚饭，他们三人一起出去和科奈留斯道晚安。

告别前，玛德莲在它耳边说了几句温柔话，要求它放过那些门栓插销及其他各种锁。因为费迪南一点也不觉得有意思。她退后几步看它的反应，它点了点头。她有些吃惊。也许，它真的是什么都明白了。

回屋的时候，一个信封从她口袋掉了出来。居伊捡起来递给她。今天早晨她在自己信箱里发现的，一直忘了打开看。太多事情要做了，她没顾得上看信。带着点焦虑她拆了信。是修葺屋顶的估价单。她仔细读了所有细节，看到总价，包括材料人工和税，她瘫坐在了椅子里。居伊和费迪南注意到她的脸色变得煞白。随后她表示歉意，说太累了累得两腿发软，她得赶紧去睡觉了。他们向她道了晚安，她摸了摸狗，便离开了。

居伊和费迪南全无睡意。费迪南翻翻电视节目册，看到有部关于鲸的纪录片。五分钟后便开始。可不能错过。他们抓起两只杯子和那瓶李子酒，急忙忙地赶到客厅里坐下来。活像两个老顽童。

30
也许是流感

对于第一晚来说，居伊算是睡得相当不错。两个一个半小时。再正常不过，他习惯性失眠。凌晨三点，他出门溜达，他需要活动腿脚，呼吸下周围的空气。狗一直陪他走到了玛德莲的房子前，借着手电筒的光，他观察了屋顶的状况。且得花上不少钱才修得好呢，他自言自语。她忧心忡忡是有道理的，这个可怜的女人。

回到农场，他转悠到了谷仓那边。经过拖拉机旁边时，他忍不住爬了上去。不过他没发动机器，不想吵醒睡觉的人。之后他又参观了工作间，瞅了眼工具。他想找点什么捣鼓一下，但没发现有意思的东西。他感觉到一股沮丧的浪潮袭来，便赶在它把自己淹没之前回去睡觉了。

八点。

玛德莲没起床。通常，七点的时候她已经在准备早餐了。狗很担心，在厨房和她的房门之间不停来回。费迪南看着它，有些痛心。他烧水准备泡茶。听到过道里有声响，便过去看。原来是老猫在挠门。他给它开了门，末日撒丫子穿过他两腿间。小棉花糖等的就是这时候，跟在它身后奔跑想跟它一起玩，谁知道老家伙扭头给它来了一爪子。大早上的，别惹它！它有更重要的事情要做。巡视领地，为狩猎踩好点，在树干上磨好利爪，划出新领地。活儿多着呢。玩，它喜欢，不过得是它没事干的时候。小棉花糖倒是很快重新振作，跑去扑狗尾巴了。这尾巴总是来回晃悠。真是太好玩了。

九点。

玛德莲依旧没有走出房门。费迪南寻思着该怎么办。他好几次跑到房门口贴着听，没有任何动静。

他没告诉居伊，不想让他担心。

十点，他决定敲门。他觉得有呻吟声传出。再敲。第二声。他推开门，喊了一声。半明半暗中，他看到她躺在床上，他走近前，问她是不是有什么问题。她用颤抖的声音回答说她不舒服。发烧，腿疼背痛，她想是流感。他把手放到她额头上。滚烫。

费迪南到居伊房里把事情告诉了他。居伊甚感不安。加比就是这样，一开始大家也都以为是流感。连吕班大夫都做了流感的诊断。费迪南请他再也别提这家伙的名字。他不仅无能，而且还是个白痴！不过眼下，他们不知道该拿玛德莲怎么办。

他们听到米蕾叶的车来了。她焦心到不行，一心想知道农场这边事情进展如何，又不敢打电话。于是便决定没事过来看看，也不是完全没事，就是来问声好。瞧，实际上她路过姨父的房子时还停下来拿了几样东西。他的盥洗包，几双羊毛袜，一条干净裤子和塑胶靴。万一他需要。谁知道呢。雨下得真大。对了，还有餐台上的几幅照片。当然，就是顺手抄过来而已。加比和孩子们的照片。递给他之前她自己看了看，化成个泪人。

他们决定暂时先不跟她说玛德莲的事，俩人甚至事先都没商量。她还很脆弱，没必要再拿个病号吓她。所以，过了一会儿她问起邻居怎么样在哪儿的时候，他们异口同声地答道她很好一早就起来去菜园干活了。

米蕾叶一走，居伊就坐到玛德莲床头，让她吞下一片阿司匹林，又在她额头搭了条湿毛巾。这段时间里，费迪南给雷蒙致电。他是赤脚医生，应该知道怎么办。他回答说他会治湿疹，各种疣，风湿病关节炎什么的，流感，还真不知道怎么对付。他把电话给他妻子，她应该有招。敏娜确实有几个方子，百里香药汤、格罗格酒，能让她出汗，各种汤剂膏药，不过她也认为如果烧得厉害，最好还是叫医生。但费迪南，千万别叫吕班！正好，他完全同意。她推荐杰拉尔，梅丽的女婿。他人好医术佳，而且通常来得很快。

31
诊断

杰拉尔下午晚些时候过来了。他给玛德莲做了听诊，问了她几个关于以往的病史的问题。她说住到这儿七年了，她的身体从来没出过毛病。不是不可能。但他疑心这背后另有其因。他遇到越来越多没钱治病的人，既没社会保障也没商业医疗保险，什么津贴都没有。果然，就在他填报销单的时候，她跟他说不用填了。她指着架子上那只金属糕点盒说到里面拿就好，该拿多少拿多少。他答道这个回头再说，等她好点。

杰拉尔在厨房里找到费迪南和居伊。他们给他倒了一小杯李子酒。他觉得很好喝。他们等着他说诊断结果。

的确是流感。来势凶猛。暂时无需惊慌。没什么可做的，只能等待，观察。定时量体温。要喝很多水。水，汤。百里香药汤？可以，如果你们愿意的话。是梅丽告诉你们的吧？我猜就是。不过她是对的，百里香药汤很好。要是头疼或者烧得更厉害，给她吃扑热息痛或阿司匹林。如果三天之后情况还不见好转，给我打电话，咱们到时候再看怎么办。

走之前，他又转身向居伊，说他听说他妻子的事了，很遗憾，近况如何等等。居伊回答道他目前还不太想谈这个。杰拉尔没有坚持。他们互相握了握手之后他便离开了。

费迪南到药店买了些药，顺便还购了物，回家路上在敏娜和马塞尔家稍事停留，管他们借了个体温计。他找不到自己的了。

现在，居伊和费迪南在玛德莲床头轮流值班。

居伊选择值夜班，对于失眠的他来说很方便。费迪南负责日班。他们得每两小时量一次体温，把数据记在纸上做成曲线图，就跟在医院里一样。给她喝的东西也要记下来：水、汤、百里香药汤。这是居伊的主意。费迪南也就不想对这张清单的用途表示怀疑。谁都会有怪念头，他在心里说。总是不会有坏处的。

这是他俩第一次用电子体温计。敏娜已经解释过这东西的用法。在耳洞里放上几秒钟，哎，机器声响起，体温便显示出来。他们备觉神奇。简直感觉像在科幻电影里。或者，不，更像是美剧《星际迷航》。他们一起回忆了史波克医生和他的尖耳朵，不用注射器的注射，全身麻醉只需两个指头按住脖子某处，咚！人们应声直直倒地……

哎，那，传送器呢？

这玩意儿，可得抓紧时间发明创造，他们想至少在嗝屁之前能用上一次。

不，真的，费迪南，你想想？

哎，是啊，厉害大发了。

32
威胁治疗法

玛德莲烧得厉害。她抓着费迪南的胳膊乞求他听她说话。她两眼放光，从狗说到老猫，又从猫说到驴。它们无人托付。如果他肯答应收留它们，她就能松一口气安了心。费迪南的第一反应，当然是可以。但是疑心蹿了进来。如果她就等着这转机撒手而去呢？于是他回答不行。他有他的理由。狗？好吧，它是很友好，但说老实话，他还是更喜欢以前它不在的时候。房子更干净整洁，没有随处可见的狗脚印和狗毛。况且它还挠门，漆都被挠掉了，好难看，明年开春他得重新刷一遍。那只老猫？它让他想起他的大儿子。它谁也不爱，只顾自己的事儿：狩猎，在树干上磨爪，看守领地，动不动还给他的小棉花糖来上那么一耳光。一点也不是能让他疼爱的类型。驴？说到它，他可真一点也不觉得好玩儿。那种天天耍脾气的畜牲，不愿被关着，还弄坏栅栏，他不想揽这摊子。瞧瞧他在菜园里和所到之处干的好事，真的，没法弄，这畜牲可不是好礼。抱歉，玛德莲，您不能指望我照顾您的动物们。如果，万一，您打算无论如何把它们就这么扔给我，我丑话可说在前头，我会抛弃它们眼都不眨的。别以为我看起来人还不错的样子，实际上，心里头可不是这么回事儿呢。

他走出房间，累坏了。居伊看他来厨房，便慢慢站起来，等着他宣布坏消息。但费迪南什么也没说。默默地从食品柜里拿出一瓶酒，倒了一杯，一饮而尽，瘫坐在椅子里。狗过来贴着他的腿，他怜爱地抚摸着它。居伊重新坐下。

费迪南开始问问题。

当然，居伊并没有全部答案，他只知道那么零星几点。

加比跟他说过的。所以，他可以说……

是的，玛德莲背着十分沉重的包袱，但他觉得不应该由他来说。

是的，她很可能没有家人。反正在这儿肯定是没有。

她能支撑到现在，一定是为了照顾这些动物。威胁放弃它们，是个好主意，她应该会有反应。

不，够了，他不会再说别的了。

33
百里香药汤

她试着跑，但有东西拦着她，缚住她的双腿，她大声叫喊让那东西放开她，不能拉着她，不然就晚了，她就没法和她们团聚了，不，绝对不能这样，她不能留下来，不可能，她哭喊、哀求、拍打，但是她感到自己的力量在消退，她几乎无法动弹了，就这样，没任何力气了，什么也没有，甚至说不出话，好吧，这肯定就是尽头了吧。于是，她平静下来，她的身体也不再使她难受，变得跟羽毛一样轻盈，四周也亮起来，稍远处，她看到了女儿们，她们在河的对岸朝她挥手，神情泰然，她对她们微笑，她终于能和她们团聚了……

——玛德莲……玛德莲……

是居伊的声音，他轻声唤着她。

她一动不动。他不放弃。

——醒醒，玛德莲。该喝药啦。

她睁开了眼睛。他扶她坐直，垫好枕头让她靠着。

——我做了个奇怪的梦。

——啊哈，可不是么！您又是跑又是挣扎的，到最后，您应该是到了您想去的地方了吧，因为您看起来还挺高兴，一脸安详的。运动量不小这梦。

他递过去一碗百里香药汤。

——趁热喝了。

她乖乖照办。

——欧莲卡和达努塔，是您女儿的名字，对吗？

她点头。

——您刚刚叫她们名字了，睡着的时候。

——是的，我还记得。

烧退了，玛德莲终于能起身。她躺了四天，腿像棉花一样软绵绵。费迪南和居伊扶她走到窗边。她总算看到科奈留斯，它出了驴圈，正在院子里散步。听到她敲窗玻璃，它扭转头一路小跑过来。

34

居伊的选择

居伊最终决定住到费迪南的大儿子里奥奈尔的房间里。十七岁那年里奥奈尔离开了这间房，至今已过去三十年。不会有他立时回归要回房间的风险。是个怪人，这个里奥奈尔。他偶尔打电话过来问点家长里短。一般都是凌晨四点左右。澳大利亚那边是晚上八点，不过他忘了有时差这回事。或是他压根不管。很可能。是他的风格。打小他就没朋友，喜欢把他妈弄哭，喜欢扯下苍蝇翅膀，喜欢让他弟弟以为他是吸血鬼。后来，他就远走他乡了，不再见任何人，不再有任何联系。按道理，他应该是觉得这样更好。无妻无子，他独自一人住在荒郊野外。而且还找到了份工作。他维护“澳洲野犬防护线”：抵御澳洲野犬的栅栏。世界上最长的栅栏，超过 5600 公里。作用是防止野狗（主要是丁革犬）袭击羊群。但似乎不是那么有效。里奥奈尔说的，他应该知道他在说什么。他修补那东西有一阵子了。

为了去搬居伊的家具，他们把拖车套到拖拉机上，又弄来块篷布以防万一下雨。开车的是居伊，费迪南坐在他旁边的挡泥板上。发动机的声音，金属座椅的冰冷触感，生硬的颠簸，粗柴油的芬芳，把他们一下子拉回到好几年前。一路上他们一言未发。专心致志地享受着重拾久违感受的愉悦。

搬起来倒是很快。居伊决意只要那棵柠檬树和作坊里几样工具。但在费迪南的坚持下，他选择了搬走床，一个床头柜，加比的梳妆台和一个可以用来放衣物的五斗柜。剩下的，他决定都留下。

车开到广场，他熄掉发动机，邀费迪南一起喝一杯。餐馆门口的挂钟丁当响起，罗朗从厨房门口探出头。一看到他俩，他好不惊讶。他朝楼上喊：

——米蕾叶！快下来，你姨父和我爸……父亲在这儿呢！

她飞奔下楼。

四人坐到一起喝杯白葡萄酒。米蕾叶很高兴。她第一眼就注意到居伊的气色不错。这么短短时间他就恢复过来了，显然是三人生活和农场空气的功劳。罗朗这才明白原来没人想到过要把事情的发展变化告诉他。他觉得自尊心被伤，站起身，努力掩盖胸腔左上方突然袭来的疼痛——吕班大夫说过这是心理精神因素引起的，不用慌张——他借口后厨有活留下他们三人聊天。正好，居伊有话要跟米蕾叶说。恰好快到孩子们放学的时间，费迪南自告奋勇要去接孩子。米蕾叶答应了。头一回，他火速前往。

这段时间里，居伊向米蕾叶说明了他想把房子留给她。

那里没有太多回忆，因为那些真正的、重要的回忆，以及跟她有关的，从四岁到十八岁，都留在原来的农场了。十年了，离开农场已经十年。现在这座房子里，没什么值得留恋的，她想怎么处置都行。或卖或租，随她的便。米蕾叶觉得这样一点也不好。她甚至冲他发了点脾气。她觉得他太心急了，抛开一切之前他要深思熟虑才行。尤其要给三人同居再留点试住时间。这才十来天不到，根本没法发现跟费迪南和玛德莲一起住的所有可能的问题。说不定再过一阵子他们就该让他心烦了，到时他该怎么办，连个落脚的地方也没有了？怎么说也得理智一点。她也是，有时候她也想撂下一切。和罗朗结婚九年了。可是她，她不想随心所欲做决定接着后悔。想离开，离开丈夫也好，离开朋友也好，实际上差不多。这两种情况都有可能发生，而且都可能让人最终走投无路。行动之前务必考虑再三。

居伊一言不发。

过了一会儿，他给她递过去房子的钥匙。她有些犹豫，他便把钥匙放到桌上。这破房子，他是铁了心要给她了。虽然不是什么了不起的东西，但就是给她的，不会给第二个人，加比也会这么做的。这是他们两个人的计划。一切尽在不言中。米蕾叶明白了，她点了点头。这时候他才跟她讲他为自己做的决定。他说他没法再独自生活了。两星期已经足够。他需要有人在身边。不然便会失掉生活的滋味和欲望。所以，就这样，他做了他的决定。他要去和朋友们一起生活。农场很大，他完全可以独立行事自我隔绝在需要的时候。他在谷仓的一角弄了个工作间，夜里失眠时可以干点手工活。再者，几位长辈同一屋檐，对孩子们来说也不是件坏事……

米蕾叶拿过钥匙，弯下身吻了他，在耳边轻轻说了声“谢谢你，姨父”。

35

糖果、口香糖和猫舌饼

放学了，路西安和路多维克一看到在铁栏外等着的是费迪南，撒腿就奔过来，野蛮地往他身上扑去。接着，他们便索要点心。他二话不说就答应了。他们很快地在面包房里转了一圈。往常，米蕾叶来接他们时都是直接回家；这回他们可得好好利用机会。他们挑了所有她禁止他们吃的东西。糖果、口香糖、巧克力面包。回家这一路他们不仅成功地把所有东西都塞进肚子里，还一边不停提问题，当然，连回答的时间也不给。他们想知道：小棉花糖是不是长大了，是不是还捉老鼠，圣诞假期马上就要到了，他们什么时候可以去他家，他知不知道他们会得到什么礼物，他们的父母是不是很快会离婚？说到这里，话语中断出现空白，路多维克感觉应该再说点什么，于是便把口香糖从嘴里掏出来，嘴角带着一丝那种就他一人知道别人不知道的得意笑容解释道，这事显然还不是那么确定，但可能性很大，因为米蕾叶和罗朗现在每天都吵。话一说完，他立刻把那块硕大的口香糖丢进嘴里认真地继续嚼着，费迪南只说了声：“是么。”

又走了一会儿，他们路过卢米埃姐妹紧闭的商店门口，费迪南指给他们看两人的房子。当然，路西安想知道她们为啥叫这个名字，还有如果他们认识的话为什么不停下来向她们问好，她们是家里的亲戚吗。费迪南有些不耐烦，翻了个白眼，默默走过去敲门。没人开门。他把耳朵贴到门上，听到门后有窸窸窣窣的说话声。他于是大声喊了自己的名字，安了那俩老姐妹的心。西蒙娜开了门，转身朝里头喊：好啦，霍唐思！你可以把枪收起来了，是费迪南和他的小孙子来问好来了。

他们进了屋，两姐妹完全为孩子倾倒：他们可真好看，都长这么大啦，老天啊，时间过得可真快，山羊粪！其实她们也就十来天没见到孩子们，最后一次是在加比的葬礼上，但她们俩谁都记不起来了。霍唐思把两兄弟领到食品柜前，拿出一只大铁盒子，自己做出一副眼馋的样子，这期间费迪南低声审问西蒙娜拿枪的这出到底是咋回事。孩子们一点不饿，但霍唐思坚持要他们挑几块不一样的糕点。拿吧拿吧，别不好意思，想拿多少拿多少，不然的话这些东西也要坏掉的。他们出于礼貌一人拿了两块，路多维克咬了一口猫舌饼，马上又吐了出来，一股哈喇味。为了让他弟弟不重蹈覆辙，他冲着他的肋骨捅了一肘子。可路西安没明白其中苦心，大喊了声“哎”，急着要还他一下。路多维克躲了过去并且成功地顺道在他耳边悄悄告诉他糕点难吃极了。路西安立马平静下来。霍唐思去找另外两人聊天。路多维克和路西安趁机走到鸟笼前把已经哈喇的饼干从笼缝里塞了进去。

回到餐馆，他们看到居伊背对着坐着，正在跟妈妈说话。他们犹豫着不敢往前。上次他们去他家时被吓得不轻。他跟《幸运的路克》[1] 里头那个殓尸人一模一样，而且身上还臭得不得了。自从加比死后，他好像连澡都不洗了。说不定，甚至脚也不洗！米蕾叶跟他们解释说人们有时候会这样，当他们觉得不幸时会放任自流。但过段时间就好了。现在，他看起来挺正常。干净，胡子也刮了，神情愉快。他们终于还是扑了过去热烈地亲吻他。米蕾叶笑了，看了一眼挂钟，五点。从学校到餐馆只需三分钟，他们用了半小时。费迪南解释说是因为他们半道停下到卢米埃姐妹家问好了，没想耽搁了这么长时间，抱歉。他顺便提醒居伊该走了。夜路开那辆拖拉机可不太安全。

他走进厨房去和罗朗说再见。

——我们走了……

——好吧。

——还好吗，你？

——还行还行。

——餐馆呢？

——也还可以。

——孩子们？

——没问题。

——米蕾叶？

——非常好。

---

① Lucky Luck，比利时漫画。

——好。

他犹豫了一下。

——你们要是这几天能来家里吃个午饭会不错。

——好，为什么不呢……

——星期天？

——跟米蕾叶商量吧。

——好的，那么……回见？

——嗯，回见，爸……爸。

罗朗咬了咬嘴唇。

——没事，儿子。其实我也不介意你这么叫我。

36

卢米埃姐妹被吓得够呛

费迪南拿洗碗海绵抹了下桌子，摆好餐具，便跑去地窖拿酒，玛德莲往炉里新添了柴火，拿笤帚扫了扫掉在地上的树皮，居伊在准备晚餐。轮到他了。他选择做意大利面，他的拿手菜。也是费迪南的专长。空气里有点你输我赢的味道。显然他们要求玛德莲做评判。弄得越来越像比赛，玛德莲觉得不好玩，拒绝评论。

大概这就是三人行会遇到的问题，他们不约而同暗自在心里思忖。

话说居伊的意面，佐以大蒜和干牛肝菌，几近完美。费迪南可得加把劲儿啦。

吃过晚饭，他们穿好外套，裹上围巾和帽子，出去和科奈留斯道晚安。然后他们在屋外的长凳上坐了下来，就是靠墙的、顶上还有个挡不住雨的遮雨棚那条。这天晚上，四下静好无雨。两老头边嘬咖啡边抽着烟斗，玛德莲喝茶汤，流感恢复后她的胃还有些脆弱。坐了一会儿，费迪南决定讲讲那天他在卢米埃姐妹家的见闻。一开始他语调平静，但慢慢的，越来越激动。他讲到她们害怕给他开门，从阁楼拿下来的枪，还有西蒙娜回答问题时的吞吞吐吐。干吗要拿枪？她们想干什么？她们在怕什么，怕谁？他这么问很正常，对吧？玛德莲和居伊一致点头。然后，一下子，西蒙娜决定和盘托出。是霍唐思的侄子，他想把房子卖了。他是有这个权利，她在遗嘱上写了的，但按道理他必须等到她俩都去世才行。公证人面前他是同意的，事情也就是这么决定的。可是现在他急了，他说已经签好了文件，让霍唐思住进疗养院，因为她记忆力有问题，而且，为了把她俩吓蒙，他还用了阿尔茨海默氏症这个词。很显然，他们来把她接走只是个时间问题，所以西蒙娜最好麻利点，赶紧找个别的地方待着去，如果她不想流落街头的话！这是他的原话，这个兔崽子。

问题是，他说的，她们就全信了。没办法让她们改变想法。

一阵沉默过后，费迪南又补充说她们宁愿死掉也不想分开，这是确信无疑的。居伊表示同意。

为了让不怎么认识卢米埃姐妹的玛德莲不那么一头雾水，他们从头说来。卢米埃姐妹并不是真的姐妹。她们有一样的姓，只是因为霍唐思嫁给了西蒙娜的哥哥。那是在战争刚开始时，他们俩相遇了，两情相悦，成功地说服了村长几天后为他们主持了婚礼。不幸的是，婚礼第二天，刚回到军中，可怜的沃克塔夫便触了雷。他的父母伤心过度相继去世，剩下霍唐思和她的小姑子西蒙娜，当时她也就十五六岁。霍唐思还不到二十三。就这样，她们再也没分开过。她们开了家电配商店，叫卢米埃[①]姐妹的电器柜台。叫这么个名字也几乎非开这店不可了。除了那老几样——电线、插座、绝缘管、电源开关之类的——她们自己开发了专长：床头灯和夜灯。西蒙娜画图纸，霍唐思制作。加比最喜欢的，就是旋转木马借灯丝热量转的那只。很有诗情画意。她有几次去她们家，就只是为了看那只灯转。去年她们关了商店。

她们在一起快七十年了。白金婚啊，玛德莲感叹道。

雨点开始落下，他们赶紧跑进屋。费迪南往火炉里添了点柴，居伊洗碗池里的杯子，玛德莲把干豆角泡到水里为明天下厨做准备。然后……试着想象五个人的话如何安排。他们在房子里转了一圈，认为地方还剩很多。说实话，条件是有的。

他们在楼梯脚停下来，这事还得再讨论。她们也许会很难劝服？毕竟不像他们俩。她们年纪更大，更固执。霍唐思九十五岁，西蒙娜八十九岁？她们简直能当他们仨的妈妈！哎呀，这可真有意思……她们应该会非常舍不得房子，毕竟住了那么久。这会是个问题。无论如何，他们不能坐视不理，那将会是……见危不救！对对，就是的。好吧，反正不会是件好办的事。

费迪南预感自己这一夜是没法安生睡觉了，还不得在心里把词精炼倒腾几个来回。玛德莲和居伊倒是很有信心。他们见识过他的本事。

他们互道了晚安，玛德莲和费迪南各自回房间，居伊套上大衣。临走前他从火炉里挑出几块火炭放进一只桶里。贝尔特跟着

---

① 法文 Lumière 意为光明，光亮。

他，夜夜如此。一走进工作间，他俩一齐打了个寒战，温度计显示4摄氏度。他把火炭倒进火盆中，把火盆尽可能往身边靠。贝尔特蜷成一团睡在旁边麻布袋堆上，居伊动手干活。周末之前有两辆自行车要修呢。得花上好几夜。有压力才有动力。

费迪南躺在床上望着天花板，耳边是小棉花糖的呼噜声。目前这声音没能帮助他入睡，他想着明天。

他能说些什么？用哪些词？尤其是，怎么说？

这可怜的老头，他有些怯场了。

37

三加二

事情以迅雷不及掩耳之势进展让费迪南很是吃惊。他说了还不到三句话，西蒙娜便站起身，抓起霍唐思的袖子把她拽到房间里。他听见她们小声商量着，不到一分钟，两人便返回，身子微微发抖，眼含泪光，轮流拥抱了他。侄子昨晚来过了，就在他和孩子们走了之后，她们完全被吓傻。这一晚糟透了。先是为失去两只鹦鹉哭了半天，鸟儿不明不白地死在笼子里，肚子鼓胀，四爪朝天，接着，她们开始计划用各自床头柜里适量的安眠药协助完成最后最终的这次离开。按顺序，她们打算先用一天时间来个大扫除，心想要把房子以完美无缺的状态让出。这样谁也不能在身后戳脊梁骨说她们是邋遢鬼。不，绝不行！这辈子都别想。一天快过去，她们想着要把这其中的理由写下来，留给愿意看的人。至于晚餐，当然是随心所欲：清一色的糕点！手指咖啡泡芙、樱桃酒水果蛋糕、朗姆海绵蛋糕。什么心脏病，还有那个该死的胆固醇，都见鬼去吧，今天没有什么不可以！接着，便到了睡觉的时候——八点半，除非赶上电视放部有看头的电影或纪录片——就该说再见了，说点诸如“亲爱的，如果运气好加上审判官判错了道，咱弄不好还会在天堂碰头”之类的话，最好在一块儿乐呵一下，然后，一小时后，按道理，一切就都会结束。费迪南的提议来得就像是……救生圈，沙漠中的绿洲，隧道尽头的光明？不管怎样，能容她们喘息片刻。她们答应了。

先从把她们领回农场开始。到的时候雨下得正猛。但她们的造型倒是没被淋坏，因为玛德莲和居伊早在外头就等着撑伞把她们护送进屋。在火炉旁一坐下，霍唐思就睡着了。突如其来的变化打破了惯例，这几天来堆积的疲惫和情绪起伏让她困顿不堪。喝着咖啡她便已经点头瞌睡如鸡啄米。西蒙娜耸了耸肩，说别在意，她经常这样，但不会持续太久。的确，一刻钟后，她突然醒来。她四下观察，一边微笑着一边点头称赞，然后靠到西蒙娜身边意在说悄悄话，声音却大到足以让所有人听见，说她不得不承认这些年轻人真是可爱，还特别有礼貌。西蒙娜翻了个白眼，恼火对她说别讲傻话了。霍唐思嘟囔着说要是有天她能承认她也会出错，那可真是太阳打西边出来了。看在上帝的份儿上，西蒙娜！现在的年轻人，有很好的，这一点也不难理解啊！

二十多年前她们来拜访过费迪南的父母，如今已经认不出当年农场的样子。

转了一圈，她们挑了两个挨着的小房间，在一楼，方便已经爬不了楼梯的霍唐思，有些日子，她的膝盖疼到让她无法从轮椅上站起。她们决定把卧室安在其中一个房间，另外一间房当小客厅，万一她们想独处。费迪南、居伊和玛德莲都觉得有道理。这样比较保险。

剩下的就是搬家了。

她们俩和费迪南先打前阵，打包装箱。居伊将拖拉机套上拖车，玛德莲坐在他身旁边的挡泥板上。她很不习惯。发动机的声音，金属座椅的冰冷触感，生硬的颠簸，粗柴油的味道，很快让她觉得恶心。一路上他们一言未发。她集中精神努力让自己不要吐，他则是专心致志地享受能把他带回过去溜一圈的点滴感受。

选择不是件容易的事，更何况霍唐思和西蒙娜被眼前的喧闹弄得有点兴奋过头。之前她们从没搬过家。总之在过去的七十年里都没搬过。费迪南建议多跑几趟，但这个提议并没有让她们平静，正相反。她们跑到角落小声商量了一阵，回来的时候坦白说害怕侄子趁她们不在放火把东西烧了。他再一次试图解释没人有权利在没得到她们允许的情况下私自进门，人们完全可以阻止他，但她们不听。她们会做出选择的，甭说别的。若干小时前，她们还打算两腿一蹬啥也不带走呢！那么，现在她们完全有能力做个挑选！最低限度，能拿一样绝不拿俩，他等着吃一惊吧。

“最低限度”这个词显然不太适合用来形容她们最终决定带走的东西的量。这么多年的积累——乘以二——必然少不了。费迪南、居伊和玛德莲三人忍着没笑出来。这些东西足够挤爆四个拖车！他们先将卧室和客厅的必需品优先装车运走，等到回来准备运第二趟时，她们改主意了，只剩下几样小玩意，一只装着电配工具的箱子和一张轮椅。轮椅被装上拖车之时，身披雨衣脚踩

胶靴的霍唐思坚持要众人扶她坐上去，不顾西蒙娜的尖叫和反对。她要在高处，坐在她的椅子里，走完这一趟，要看一路风景延绵，要看全景在眼前铺开，就像小时候坐在父母的小推车里那样。西蒙娜生气了。但霍唐思以她才不怕回应。她想干什么就干什么。啥也别说！

三人合力把她举了上去。西蒙娜随后堵上了耳朵自言自语："得，又开始胡说八道了，"因为霍唐思正声嘶力竭地唱着"Aïm ségué aine ze rêne, aïm ségué aine ze rêne, ouate e biou tifoul fi léne, aïm rapi e gaine……"这是她在向那部圣诞节期间电视里老爱放的电影致敬，只要电视里放，天塌下来她都不会错过。她从来都没弄太明白里头的故事，也没听懂他们嘴里含糊不清唱着的歌，但她喜欢看着人们兴高采烈地在雨里又唱又跳。她觉得特喜庆。现实里没有人这么做。除了小孩儿。而且还得是在家长不在附近的时候……

居伊发动拖拉机。

霍唐思喊道：上车啦，西蒙娜！咱们换地儿喽！

剩下的一路上她们一言未发。各自聚精会神，西蒙娜躲在费迪南的车里一边想着她抛在身后的东西一边努力让自己不要哭出来，霍唐思坐在拖车上，迎着风和雨，享受着这一小段时光倒流，九十年前，仿佛就在昨天，仿佛她还只有五岁。

38

水之梦

路多维克起了床，踮着脚尖走到路西安床边弯下身，轻声问道：

——你干吗哭？

——我要见妈妈。

——她在工作。

——我还是要见她。

——先告诉我你干吗哭。

——我尿尿了。

——你要见她就为了跟她说这个？

——我的睡衣湿了。

——抽屉里还有。拿着，穿这个。

——还有床单和被子，都湿了。

——你还想撒尿吗？

——不想。不过，路多维克，“撒尿”是粗话吧？

——对啊。

——啊。

路西安高兴了。

——你确定你不想再尿啦?

——我都尿在床上了。

——那就好，你可以来跟我一起睡。

他们并排躺着。路西安很欢乐。

他在黑暗中朝着大花板微笑。

——呃，路多维克，你知道我为什么没忍住吗?

——不知道。

——因为我梦见我在大海里，水是温的，我会游泳，连救生圈都不用，我的头在水里，眼睛还能正常地看，我游得就像那些大鱼一样，还跟它们玩儿，它们特别好，我们就像特别要好的朋友，然后，不知道为什么，我觉得可能是我喝掉太多水了吧，我就在水里尿尿了。

——我知道。在游泳池里也是，我有时候也这样。

过了一会儿。

——路多维克?

——嗯……

——你睡着啦?

——嗯快了。

——哎，你知道吗，我还梦见加比姨姥了。她和我一起游泳，我们俩一起和那些大鱼玩儿。

——是吗?

——对啊。

——她跟你说话了吗?

——说了一点。

——说什么了?

——我不记得了……

——好好想想!

——是在梦里……我试试，不行……

路多维克猛地翻过身，把脑袋埋进被子里，嘟囔着……

——真没用。

心碎成了千万片。

39

霍唐思的心累了

自打到了农场霍唐思就卧床不起。感冒下到肺里，她呼吸有困难。杰拉尔昨儿来过了，说如果四十八个小时内情况没好转的话他将不得不让她住院。在此之前，先打针治疗，早晚各一次。他们得请位护士，或者自己给她注射，这倒不是什么难事。临走前，他把话说得很明白：即使有好转，也别做梦，好转只会是一时的。霍唐思的心脏很疲惫。

病人、新居和这一切的混乱让西蒙娜的脾气变得火爆。这天早晨，居伊自告奋勇给霍唐思打针。西蒙娜解释再三说他很可能被粗暴打发。霍唐思不是一般的娇气，而且还怕针。果然弄得一塌糊涂。她先是哭，企图商量，很快变成咒骂，最后，当他拿着针筒靠近时，她竟试着打他。情急之中他慌不择地，胡乱把针头扎下，霍唐思喊西蒙娜来救命，求她赶走这个想卑劣地谋杀她的恶人！几分钟后，注射引起的血肿蔓延整条腿。西蒙娜吓坏了，骂居伊是神经病。

居伊自觉很受伤，决定让其他人去对付这俩，自己潜心创建日程表去了。他在一张纸上细心地用横线竖线划出格子，要填的有时间、该给的药、该量的体温，等等。他还给这张表起了个名字：《老年组织记录表》，不太好听，就算是他的小小报复吧，他暗自微微发乐。这段时间里，费迪南一边准备早餐的咖啡和茶一边自问把这俩小老太太弄到这儿来是不是干了件傻事。毕竟是重大的责任，在此之前他没有想象过会有诸多健康方面的问题。后悔莫及。

他们喝着咖啡和茶思索着眼前的难题，气氛沉重。猫狗们觉察出这会儿不是讨要剩余早餐的时候，安静地待在火炉旁。两只猫看着窗户后面的雨滴坠落，贝尔特打了个哈欠，任由身体在瓷砖上滑开，滑入浅睡中。它梦见自己在散步，夏日里，天气炎热……突然，它看见远处高高的草丛里有动静，它撒蹄飞奔，呼吸变得急促，梦中发出呻吟。末日顿觉不快，决意上阁楼溜一圈，临行借贝尔特的背当跳板，还不忘趁机用指甲狠扎一把，棉花糖依样画葫芦。

然后，居伊、玛德莲和费迪南三人同时抬起头。他们有了主意。也许想到一块儿去了？不过他们各自都决定暂时不告知另外两人。在说出来之前要先用一天的时间好好深入思考，权衡利弊，罗列理由。莫心急，事情已经够糟糕的了。

接近十一点，玛德莲从菜园回来，寻找两位男士陈述她的计划，四下遍寻不见他们的身影。她换了泡着干豆角的水，往里搁了点小苏打（为了防止胀气），放到火上煮，然后去敲卢米埃姐妹的门。西蒙娜看到她来很高兴，在她耳边轻声说霍唐思总算是睡着了，趁着她来，她想去趟卫生间。她喜欢慢慢来，听点广播，做点填词游戏，那是她一天当中的娱乐时间。一刻钟后，她还没回来，玛德莲踮着脚尖出门回到厨房，把房门敞着，万一霍唐思醒来她也能听到。她瞟了一眼贴在房门上的《老年组织记录表》：居伊给她排了四点到六点的班。这个时间对她不合适，她得跟费迪南换班。

快到十二点的时候，费迪南打电话说不用等他们了，他和居伊在咖啡馆碰到了老朋友，准备一起吃午饭。很好。西蒙娜已经坐到盘子前，她饿得狼吞虎咽。两口饭中间，她跟玛德莲说霍唐思希望她们吃完饭能到房间里去喝咖啡，她有重要的事要说。玛德莲问她知道是什么事吗。西蒙娜干巴巴地回了句到时就知道了。她讨厌在嘴里满是食物的时候说话。那样很危险，她完全有可能被食物噎住导致窒息。那可真是祸不单行！

霍唐思每说一个词都要停下来调整呼吸，叫人看着都难受。为了减轻她的负担，西蒙娜每每替她把句子说完，加两句评论。她想说的是……他们仨真是好心，让她们两个住到这儿来。是啊，不是每个人都愿意这么做的，肯定。还有……她对她的身体状况已不抱任何幻想，但如果情况恶化，她得确定她们会帮西蒙娜下下决心送……最后几个词在一阵剧烈的咳嗽中被掩埋，这次西蒙娜没有帮她说完句子。不管怎样，她们都明白了，她宁愿在医院里结束生命。西蒙娜含泪吻了她的额头。

——好，好，我的霍唐思。我们会照你说的做。不过，现在，你得好好休息，还没到时候呢。不然我会知道的，对吧。

两点，玛德莲过来接班。

西蒙娜总算能去睡个午觉。

或者在卫生间里做填词游戏，如果她更喜欢这样的话……

40

妙莉叶晕倒了

老师皱着眉头转过身，一脸狐疑。学生们继续埋头写着，就像什么事也没发生。妙莉叶咬着嘴唇，恨不得把脑袋缩到肩膀底下去。这是她本周第三次上课忘了关手机。要是老师发现又是她的手机响，她完全有可能被赶出课堂。她的成绩本来就已经差强人意，如果……那就该玩儿完啦。她只能祈祷刚才给她发短信的这个傻子不会傻到这会儿给她打电话确认她收到短信！

等到午休时间她才敢看手机。是餐馆老板娘米蕾叶发来的短信。有活给她：明天，周六，两点干到很晚。紧急，请回答。肯定还得像上回那样，忙活到夜里两点，妙莉叶心说。可惜，她很累。没有什么特殊理由，但她这段时间就是怎么也睡不够。甚至课堂上也想睡觉。所以，这个周末，把房间交还给房东的最后一个周末，她打算好好享受一下，什么都不干。躺着，赖着，听音乐，睡觉，千万千万不要打开课堂笔记，什么也不干，待着。但她需要钱，而且，不想睡大街的话，还得找房子。妈的。还有一星期就该放圣诞假了。如果她那时还找不着，那可真就糟糕透顶啦。她于是回复：明天可以谢谢妙莉叶。接着她上房产中介所转了一圈。刚过十二点半，门上挂着块牌子写着：您的经理人现在外出，请两点过后再来。她想象他正在桌子前和妻子看着电视里的新闻共进午餐，这让她有些恼火，她准备回学校。路过面包房前她特意放慢脚步享受面包的味道，但没有停下。没必要再确认一次有没有硬币散在包底或从漏洞钻进里子夹层里了。她前一天已经看过了，啥也没有。

晚些时候，当她醒过来时，已经躺在医务室的床上，对自己如何空降到此地完全无概念。然后，她突然一下子想起来了。她看到露易丝的脑袋探过来，一脸担忧地问她还好吗……“妙莉叶？怎么样？哎呀呀，瞧你脸色苍白的，我可怜的姐。夫人，您快过来，妙……”啪！一片漆黑。无声无影。护士端过来一杯糖水，扶着她坐起来喝，这让她感觉好了些。接着又给她量血压——85——正在缓缓上升——还问了几个问题。她以前晕倒过吗？从没。现在是否有一些特别的困扰？没什么特别的。是不是怀孕了？不是！进食是否规律？妙莉叶避而不答，试图坐起来。但眼前马上金星直冒，她只好又躺下。护士叹了口气，回到自己的办公桌前，在抽屉了翻了翻，拿出一块谷物饼——怕下午饿特意准备的——不无遗憾地递给她。妙莉叶囫囵吞下，几乎嚼都不嚼，绽放出灿烂的笑脸以示感谢。这下好多了，她可以以冲刺的速度赶到课堂上。

她不想错过实践课，注射、输液、抽血、治疗惯例……她等这一刻等了好久啦。

41

放学

四点差五分，电话响了，西蒙娜并没有去接。她正戴着耳机在看电视剧，没听见铃声，是玛德莲飞奔过去接电话。米蕾叶想跟居伊或费迪南说话。他们还没回？算了，那就跟她说好了。罗朗和她吵架了。这次比以往任何一次都严重许多。所以，她想找人四点半去接孩子放学，然后把他们带到农场过周末。避免让孩子们看到他们吵架留下心理阴影！还有另外一个原因。他们刚刚收到意外订单，要为明晚准备生日宴会，六十多号人，肯定要很晚才结束，孩子们待在他们家会更好。她没得选，不得不留下来干活，烦死了……哦，对不起！玛德莲让她放心，她本打算进城，这样的话她就赶紧收拾一下顺便去把孩子也接回来。

她三言两语通报值班情况：霍唐思总算接受所有治疗手段，喝药，乖乖吃药没怎么发脾气，任人按摩腿部防止褥疮。体温稍有下降，是好苗头。这会儿她睡着呢。她尽可以安心看完电视剧——不过别戴耳机，是不是，西蒙娜？——之后说不准她还有时间做个填词游戏，或者来个数独六级小玩一把，好锻炼锻炼她那些被弱智电视剧感染的可怜脑细胞。西蒙娜嘴上呵呵乐，眼睛却没离开电视机。

她得抓紧时间。穿暖之后，她套上油布衣和靴子。科奈留斯正在花园深处，听到她的呼唤，它踩过费迪南种下的最后一季大葱，狂奔而至。她把板车套到它身上，嘴里嘟囔着说她不同意这样的行为，真叫人羞愧，真的，如此糟蹋这么好的蔬菜。它点点头，可她一点也不觉得好笑。它便用脑袋去蹭她的肩膀，她这才露出笑容。准备就绪，贝尔特跳上车挨着她，坐在车轮盖上他们就出发了。

米蕾叶和孩子们在校门口候着了。她带着一只带滑轮的购物包，装满了衣服、玩具、书和足够支撑围城生活的食物。路多维克和路西安兴奋无比。他们把吃剩下的苹果心递给科奈留斯，这家伙没等他们提问就迫不及待地一个劲点头。路西安困惑了。但他看到路多维克并不觉得有异常的样子，也就扫清了自己的疑虑。

——看来你真的很喜欢苹果，啊，科奈留斯？你见到我们很高兴，是不是？你愿意用板车送我们回去吗？不过你也看到了，有个大包，有书包，还有我们。会不会太沉啊？

答案像铡刀一样狠狠砸下。

——坏了，你看，路多维克，他嫌我们沉。

——才不会，瞧着。科奈留斯，你在开玩笑，对吧？……哈，你看。

路西安松了口气。

亲吻，叮咛嘱咐：做作业，不许讲粗话，早晚要刷牙，而且，一整个周末都不许吃糖，知道吗？让玛德莲给你们上堂乐理课——抱歉，我忘了先跟您说了，您不介意吧？您真是好人——之后，米蕾叶匆匆离开，餐馆里有一大堆事要安排。玛德莲启动驴车。不过她并没往回农场的路上走。她在一栋大楼前停下，告诉孩子们她得跟某个人说话，她还不知道是谁，她得看看，总之不会太久的。路西安第一个发现不远处停着的汽车里竟是居伊和费迪南。他们跑过去敲车窗，大喊“呜！”把俩老头逗得直乐。

他们还没来得及解释为什么出现在这里，大楼的门开了，学生们拥出来，在街上跑着喊着。路多维克很快认出了妙莉叶和露易丝，这两个姑娘在宴席那天来餐馆干过活。她们人很好，又漂亮，他超喜欢她们身上的香水味，非得去跟她们打个招呼不可。玛德莲和费迪南跟着他。看到路多维克过来，露易丝笑了。

——噢，瞧，妙莉叶，是餐馆老板娘的儿子！你来这儿做什么？你守着护士学校放学好给自己找个未婚妻是吗？你可真是个小滑头。

路多维克低下头，嘴里小声骂了句“烂货”，妙莉叶插嘴了。

——别理她，她这人傻乎乎的，不过这可不是她的错，她在等着做脑移植呢！在优先名单里！

她们放声大笑，路多维克气呼呼地往车的方向跑，留下玛德莲和费迪南戳在一堆年轻人中间。他们各自在心里寻思着这主意可能并不高明，他们也许得另想办法，总之，暂时还没必要跟其他人说。就在他们回到居伊和孩子们身边准备离开时，妙莉叶停到他们旁边接电话。她的话，他们都听见了：啊，今年难多了，对啊，对，她做得很好，不，她还没搬家，话说回来，她开始伤脑筋了，她怕找不到，如果是这样的话，她就不得不离开，换个学校，放弃……说到这里，她的声音哑了。但很快恢复。有件好事，有人找她干活，在一个餐馆里，就一天，但也不错了，她想吃多少就吃多少，还有……会有办法的，只能这样，好吧，她电池快没电了，她得走了，回头再打电话，吻你，奶奶，别犯愁，会好的，我向你保证。她挂了电话，坐到马路牙子上，埋头哭了起来。贝尔特哼哼唧唧地靠近，把狗脸伸到她头发里，脖子上，还咬她的耳朵。妙莉叶吓一跳，抬眼一看，在她面前有条狗，还有路多维克和路西安伸长手想给她送糖果，一脸抱歉，在他们身后，三位老人家笑脸盈盈地看着她。

他们就是这样遇见妙莉叶的。

对于他们的问题“您会打针吗?”她答了“会”，当然，并没有仔细说明她之前从来没打过。接着，为了测试她，他们为她简要描绘了一幅老霍唐思的肖像。她的健康状况，她所需要的无微不至的照料，她怕打针，她情绪极不稳定，她间歇性失忆……她默默听着，不露声色。他们感觉她没被吓到，这正是他们要找的，一个胆子够大的人。她征服了他们。于是他们把各自拟定甚至都没经过事先商量的计划向她托出：每天一到两小时的护理，根据需要而定，他们提供住处、食物和洗衣房。她瞪大了眼睛。如果只取决于他们，这事儿可是立马就成交了。问题是她得先过霍唐思这一关，可不简单。妙莉叶愿意尝试，他们便让她上了车。

42
第一针

准备完注射器，妙莉叶仔细地洗干净手。戴上手套。然后她拿了块纱布，用抗菌液浸湿，绕圆圈擦拭病人臀部外上象限区：由里到外，这样可以去除注射点周围的病原体……直到这一步，一切进行顺利。尽管手在微微颤抖。她集中精神，深吸一口气，倾身到霍唐思面前，一脸神秘地在她耳边悄声说，她觉得这房子里有异常之物。就好像这些墙都在说悄悄话，您不觉得吗，卢米埃夫人？霍唐思瞪圆了眼，不加掩饰地喊道她是神经病，这个可怜的姑娘，她最好去治治病！西蒙娜！别让我跟这个发狂的疯子待在一起。她能听见召唤，她以为她是圣女贞德啊！但妙莉叶并没有让步。她靠得更近。您仔细听，这些墙，可以说它们是在唱歌呢，我向您保证。小舌音珠圆玉润，声音颤抖着……

听这些歌声

温柔迷人的歌声

载满鲜花的船上，

情侣们翩翩起舞

许下海誓山盟……

霍唐思的眼神瞬间亮了。她很自然地唱起了副歌……

中国之夜

温存的夜

爱之夜……

醉人的……

温柔夜……

她记起了全部歌词，从头到尾。趁着她唱歌的时候，妙莉叶顺利扎了针。第一针。某种意义上的洗礼仪式。霍唐思的歌声没有中断，甚至连针头扎进她的皮肤那一刻，她的歌唱也没受到影响。这一次，没有叫喊没有眼泪腿上也没淤青。堪称完美。整个过程完成时，西蒙娜鼓起了掌。真正的胜利。

随后，妙莉叶在路多维克和路西安的陪同下参观了农场。

她毫不犹豫地挑了房子另一头的一个房间，费迪南的父母去世之后这房间就再没人住过，二十年了。房间小且旧，但恰恰让她想起了她祖父母的房子，小时候她一到假期就会去的那所房子。一样的氛围，一样的气味。灰尘混杂着湿气，旧纸张，还有……老鼠尿的味道！孩子们一听都乐了。费迪南和玛德莲可没觉得好玩。他们很清楚这意味着什么。他们一脸苦相地嗅着空气，互相看了一眼。显然，得让末日和棉花糖来帮忙了，然后用黑肥皂洗地板，再用白醋漂，撒点小苏打……当然，还得希望这样便足够。妙莉叶继续参观。她打开餐具柜某个抽屉，发现了一个钥匙链小收藏，软木塞，其中有些是插着针，是吃滨螺用的工具，化了一半的生日蜡烛，泛黄的黑白小照片，还带着花边框。最让她惊讶的，是贴在餐具柜玻璃门上的明信片。她好像在哪儿见过。难道她祖父母家也有一样的？明信片上那些地方，她敢肯定，他们这辈子从来没去过。然而，他们应该会想去看看比亚里茨，看看米拉地沙滩上那些来游泳的女人摆出的优雅造型，雾中的圣-米歇尔山，尼斯的盎格鲁街、嘉年华，那儿的棕榈树和那么那么蓝的海，或者卢瓦尔河谷的城堡……

他们围坐在餐桌前，讨论接下来要做的事。

妙莉叶会试着说服房东让她提前退房并把最后一周的租金退给她。如果他接受，那么她明天周六就能搬进来。如果他拒绝，这个可能性更大，那么，就得再等八天了。但不管怎样，这期间她会想办法来给霍唐思打针，早晚各一次。

这真是叫人兴奋，妙莉叶还有点不敢相信。不过她突然慌起来：明天，周六，有问题！她得在餐馆干活至凌晨，晚上没法过来打针。居伊开玩笑说他跟老板娘倒是相熟，他看看能不能跟她商量商量。他拿起电话，打给米蕾叶，跟她解释了事情的来龙去脉。米蕾叶说了几句牢骚话，出于原则犹豫了一下。但是计算一下，这事来回撑死不超过半小时，她也知道第一拨客人八点前应该不会到，便答应了，这次应该可以，姨父。妙莉叶松了口气。

临走前，她告诉他们她的家当只需一只行李箱、一个背包和两只纸箱便能全部装下。搬起来会很快。居伊有些失望。这次他没法动用拖拉机和挂车了。他可真想念啊。道路生硬的颠簸，金属座椅的冰冷触感，粗柴油的味道……真可惜，他本想过把瘾的。

43

猫的名字

晚饭过后，居伊便去安顿孩子们睡觉。路西安要求他读他最喜欢的那本书，但才读了没几页，他已经沉沉睡去。路多维克对故事已烂熟于心，他不想再听一遍。况且他也不需要别人给他读书，他够大了，自己能读，而且现在不用抱抱也能自己入睡。就在居伊要关门的时候，他问明天能否陪他去墓地。居伊有些吃惊。他一般早上七点去墓地，那会儿天还黑着，不是带小孩去的时候。他于是回答说他们会一起去的，保证，但是……得改天。路多维克很坚持，还说特别重要，非去不可，像是许下的诺言，他必须兑现。居伊被弄得有些糊涂，没太思考，他答应周日带他去。

看起来是个无雨的夜晚，费迪南、玛德莲和西蒙娜坐在屋外的长椅上喝着咖啡或茶汤。居伊来了之后，他们聊起了妙莉叶未来屋子所需的工程：得换床垫，原来那块太旧，得为厨房和热水器弄瓶满的煤气，修理床头灯，更换厨房的灯管，淋浴间和洗碗槽的连接缝都得重新走一遍，洗窗帘……列出来一大堆。他们得好好安排一下才有可能完成任务。尤其是，如果像他们希望的那样，小姑娘明天就搬过来。他们同时长吁了一口气。西蒙娜，是因为她心中大石头落地，霍唐思接受了这个姑娘，费迪南、玛德莲和居伊，则是为他们仨同时有了同样的想法而高兴。这也许是个好兆头。不管怎样，妙莉叶看起来是个和气又能干的年轻姑娘，就等着看接下来如何进展了。这事没理由不成。西蒙娜比其他三人岁数大也更疲惫，她起身离开。她已经宣布有关电路的一切都归她管。她就是干这行的，至少过去的七十年里是这样，可别忘了，你们明白了吗，孩子们？西蒙娜·卢米埃小姐，叫这么个名字，谁也忘不了，他们齐声回答。她很受用，面带微笑回屋睡觉了。接下来轮到居伊离开长凳了。他倒不是要去睡觉，而是要去工作间上点夜班。又有辆自行车要收拾，而且，就在今晚，他突然冒出了把这辆自行车送给小姑娘的主意。给她上学往返，多方便。另外两人表示赞同。显然，如果她能独立行动那就再好不过了。居伊返屋去火炉里取了几块火炭，回来路过跟朋友道别，快步穿过院子。贝尔特的脑袋趴在玛德莲的膝盖上，眼睛一直追随着居伊的身影，就在他要把谷仓门关上的那一刻，它突然跃起一路狂奔过去。玛德莲和费迪南还坐在长凳上，一言不发。享受独处的乐趣。不过这样的时刻没持续多久，因为他们猛然记起某件紧急之事，“腾”一下蹦起来：老鼠！玛德莲去找末日，费迪南找小棉花糖。两人胳膊底下夹着各自的猫走进了那老屋子。老鼠尿的味道刺入鼻腔。无须废话，两只猫立马明白了人们指望它们干吗。它们从主人的臂弯中跳下，立即投入工作。

寒意扑面而来。过去二十个冬天里，这屋子连一丁点火星都没见过，也难怪冷得跟冰窖似的。尽管时候不早，他们仍然决定清通烟囱，把柴火炉灶生起来。至少得烧上三天三夜才能让四壁暖起来。不如立刻动手。

临近午夜他们才将零碎工程完成，回到厨房洗手。他们在洗手池边搓了大半天手，好洗掉粘在手上的烟煤灰。实际上，却是不急着结束肩并肩的时刻。他们还想在一起说说话，说什么都行，无关紧要的事也好，明天的菜单，或者是各自的猫的名字……

——对了，为什么叫棉花糖?

——这个不是我的主意。是孩子们选的。他们觉得它又温又软，便给起了个糖果的名字!

——真可爱。听起来有点男性化，不过就是这样才好笑。

——有什么好笑？

——棉花糖，Chamalo，一只不诚实的小猫[①]。一只不诚实的小母猫!

——我不明白……

——不，不，费迪南，我保证这是真的。

——可是……

他的第一反应是她弄错了。毕竟，他肯定能看出来的，如果

---

① Chamalo，棉花糖的名字因为发音与 chat malhonnête 的头三个音节一样，被玛德莲另作解析，chat malhonnête 意为不诚实的猫。也是下文棉花糖的新名字马洛奈特（Malonnette）的由来。

那小猫没有……想到这里，顿生疑虑。他再怎么想，也想不起来见过猫屁股后有球状物。哎。他开始寻思着怎么跟孩子们说，如何为自己犯下的常识错误辩解。如果以以前没养过猫为由，也许能说得过去……玛德莲看他犯愁的样子不免发笑。他放松下来。棉花糖，Chamalo，不诚实的小猫，的确挺好玩。好吧，认了，他对辨认猫的性别确实不太在行。狗的也一样。他还拿出上回在路上碰见贝尔特那次把自己揶揄了一番，就是著名的煤气泄露那天，他把它当公狗了。他还很清楚地记得自己朝它喊道："你这是去哪儿啊，小伙子？我猜，是泡妞去吧？"没错，必须承认，他是老眼昏花了。她表示同意。

——你的猫也是，名字也挺特别的。末日，Mo-je，是波兰语吗？

——是的。

——是什么……

——Moze，也许。

——也就是说 Mo-je 是也许的意思？

——对。

——哦。

接下来，按照常理，他该问为什么叫"也许"。她将不得不解释，翻出陈年往事，刨出细枝末节，这让她害怕。她当机立断，打起了哈欠，借口疲劳如闪电般袭来，向他道了晚安便去睡了。他像傻子一样矗在那里，独自立在厨房中央，手里拿着块抹布，心里甚不舒服，觉得自己就像被丢掉的破袜子一样。直到听见她轻轻的脚步声重返过道。她在门洞前停下来，低声说：

——是达努塔决定给她的猫起这么个名字。和欧莲卡一起。我的女儿们。她们觉得这个名字很美。

费迪南很惊讶，这是她第一次对他提起她的孩子。他放低视线，嘴里嘟囔着说的确很美，然后专注地盯着抹布的条纹，他拿着那块抹布擦手已经好几分钟了。

他们去睡觉时几近凌晨两点。好久没熬夜到这么晚了，感觉倒是不错。他们聊了很多。费迪南说他的两个儿子，玛德莲讲她的双胞胎女儿。他们对彼此的了解又多几分。她，知道了他后悔没能当个用心的父亲，而他，知道了她七年前在一次事故中失去了两个女儿。他像吃了当头一棒，心脏狠跳了一下。那一刻他差点去握她的手，但及时忍住了。

不过他们聊的可不止是伤心事。

他们甚至还乐呵了一阵。尤其是在费迪南琢磨第二天如何给孩子们解释不诚实小猫马洛奈特的时候。说他那天没戴眼镜？他们知道他从来不戴！说他喝高了？这个理由太糟糕，应该找个更好的，玛德莲抗议道。好吧，不过有一点是肯定的，不止他一个人会出这种错。比如，雷蒙和敏娜，他们是这方面的专家！阿兰、芭芭拉，这俩也不相上下。玛丽、马可和鲁贝，还有克里斯蒂安和莫伊哈……他举例说明：尤基，其实应该是尤卡、里通，本来是该叫丽塔的，软哥儿最后变成佩佩特，还有，索瓦日那两只母猫，天晓得，其实是只带把儿的！兽医告诉他们那天，都笑死了……

如此，等等。

他们聊了很久，很久。

直到凌晨两点。

回屋睡觉前，站在楼梯脚下，他们本可以拥抱一下。理所当然，情理所至，光明正大。他们却没敢。

下次吧，Mo-je？

44

小鬼下厨

周六早晨，路多维克和路西安醒来，饥肠辘辘。他们下到厨房，一个人也找不到。没有贝尔特来喜相迎，两只猫也不在。他们穿着睡衣直接套上对他们来说过于宽大的靴子和雨衣，跑到屋外去看大人们在不在。都消失了，连驴也不在。外头冷得要命，他们急急跑到鸡舍里掏了几枚鸡蛋，又到原来的奶棚里拿了罐蜜，食物储藏室里抓了点核桃，趁着还没冻成冰棍赶紧跑回屋里。

路多维克拿出大刀切面包，路西安跪在椅子上，把鸡蛋磕到沙拉碗里。用打蛋器打好鸡蛋后，他们把面包片浸到黏滑的蛋液里，使劲挤压，让面包像海绵一样充分吸收液体。接着，路西安开始用榔头砸核桃，路多维克从壁橱里找出一只大平底锅。点火，这是个问题。他们在家下厨时，都是罗朗或米蕾叶负责点火。这回他可得自己想办法了。他试了几下点火器，结结实实按下按钮让它发出“咔嗒”声。用火柴的话，他可能会再考虑一下，但是点火器，连火焰都没有，一切在平静中进行，没有被烧着的危险。准备好了，他深吸了一口气，然后……“噗”，迅速地拧开煤气开关，“咔嗒”，按下点火器，炉子就这么着了，“哇”，他松了口气，抹了抹额头。有点热。路西安当然是无比佩服他哥的冷静。他在脑子里计算着，还得再等两年他才到八岁，才能像他哥一样点火。还得过好久，不过反正他已经习惯了。生活里吧，什么都得等。生日、圣诞节、假期……

他们往煎好的吐司上涂上蜂蜜，撒点核桃碎，互道了好胃口。路西安觉得很好吃但缺点盐。路多维克表示同意，便加了一小撮盐。吃完了自己那份，他们又准备了两份，然后跑去敲卢米埃姐妹的门。看到他们进来，霍唐思乐得叫了起来，贪婪地亲了他们至少有二十遍。他们被弄得满脸是口水，不得不拿衣袖擦脸。要品尝他们的手艺，霍唐思需要假牙。假牙泡在一杯水中，就放在她身边的床头柜上。在孩子们的一脸惊讶面前，西蒙娜把假牙从水里拿出来，冲干净，套上粉色牙套，递给霍唐思。戴上假牙，霍唐思立马咧嘴对他们展示最灿烂的微笑。

她们俩吃得有滋有味，每吃一口都要赞叹他们的厨师天分。小鬼们欣喜若狂。

霍唐思想打牌，孩子们提议玩快乐家庭，她想玩赌场大战。开始之前，西蒙娜让他们挑毛线颜色，她正在给他们打羊毛衫。圣诞礼物，她补充道，还眨了下眼。路西安惊慌地往他哥肋骨处狠捅了一肘子。礼物应该是惊喜才对，不然多没劲！路多维克耸了耸肩，他也很无奈。想了一会儿，他凑到路西安耳朵旁说他觉得老人家都是这样吧，他们不知道如何保守秘密。路西安觉得很遗憾。他对自己说，等他老了，绝不干这样的事儿……

他们开始玩赌场大战。大概是出于偶然，头几回他们兄弟俩轮流着赢，这让霍唐思很不高兴。于是霍唐思做手脚的时候他们就装作没看见，好让她赢了随后的牌局。她又重新喜笑颜开。皆大欢喜。

45

让指针停止转

就在同一个周六，天一亮，妙莉叶就醒了，好不容易才忍住没去敲房东的门。得等个差不多的点儿吧，那就收拾东西。等到她去敲门的时候，他已经走了，她很失望，留了张字条。回到家中，已经没什么事情可做，所有东西已经装进行李箱、背包和两只纸箱中，她一点儿也不想把书和笔记本翻出来复习，于是在屋里团团转，像被困在笼中的狮子。

十一点半，房东依然没打电话过来，她开始沮丧起来，不过没工夫了，已经到了约定时间，她前往集市广场。玛德莲几乎已收完摊。装蔬菜的木条箱、果酱和蜂蜜都已经搬到板车上，就差叠篷布了。妙莉叶提出要帮忙，玛德莲建议她先向科奈留斯做个自我介绍。这头驴可不一般，如果它感觉自己被忽略，那么它完全能拒载这个忽略它的人。她递给妙莉叶一块胡萝卜，说这个也许能哄它高兴，万一它这会儿正在闹情绪。妙莉叶瞪大眼睛看着玛德莲，她觉得这简直是疯了，却不敢明说，更不敢不照办。在确认周围没人往她这边看之后，她走到科奈留斯旁边，犹豫了几秒，想到要对一头驴说“你好，我叫妙莉叶，您愿意让我乘坐您的板车吗”，自我感觉蠢得可以。但她还是这么做了。当然，是小声说的。科奈留斯拿单只眼瞅了她一眼，围着她嗅了一通，精准地嗅到她手上，接受了她递过来的胡萝卜，一边嚼一边上下点头。妙莉叶惊呆了，忍不住扑向驴脖子向它道谢。从来就没人跟她说过驴还如此通人话！她回去宣布了这一消息。“噢哟。”玛德莲松了一口气。

得知妙莉叶一打完针就得走，霍唐思当然非常失望。她很大声地表达出来。她要是能跺脚的话早就跺翻天了。她想让她多待一会儿，这个小妙莉叶，小年轻，那是她心灵的抚慰剂，是她的氧气，是冬天里的奶油草莓。跟孩子们打交道，能让她重新找回精神头，你明白吗，西蒙娜？我烦透这些老家伙啦！我不喜欢他们，他们不好玩，而且身上也不好闻！西蒙娜翻了个白眼，嘴里念道“得了她又开始说胡话了”。妙莉叶向她示意没关系，她习惯了。她家里也有过这种情况。

第二次注射。

她比第一次时更怯场。这让她有些慌乱。于是她让自己把注意力集中到准备工作上。她强迫自己按顺序一点一点重温所有卫生注意事项，要用准确的术语，诸如此类等等。但是，当然，让她害怕的是注射这一动作本身。万一这次她弄砸了呢？万一一针下去扎到了神经或血管上？糟糕透顶。为了平复自己的焦虑，同时顺便安抚霍唐思，她哼起了小曲儿。

果然什么问题都难不倒霍唐思，她立马就听出是哪首歌，跟着怪里怪气地高唱起来——

如果能让指针停止转……

在写着生命时间的刻盘上……

听到分别时刻来临

我们就不会害怕伤心。

妙莉叶走后，西蒙娜坐到床沿上，两人一起合唱了副歌。小舌音滚落，声音颤抖了，眼睛也湿了。

过完这样的一生……

相亲相爱没有妒忌……

心灵宽厚我们不应该想起

唉，有天我们将不得不分离

燃起希望，何必忧虑

既然我们无法让指针停止转。

霍唐思抚摸着西蒙娜的手。突然一下激灵，她靠着枕头坐了起来，用睡袍袖子擦了擦鼻子，要西蒙娜给她拿那一大兜毛线。她有点难以抉择到底哪个颜色适合织围巾。不过最终她决定用云纹混色。这样挺新潮的，适合小年轻，是吧？你觉得怎么样，西蒙娜？西蒙娜很配合，说她也觉得挺好。她帮霍唐思织了第一行，让她容易上手些。霍唐思成功地织了三行，然后便开始对着她的作品打起瞌睡。刚才这一连串的体力和情感消耗把她撂倒了。

46

老东西

猫们肯定是抓了一晚上加一早晨老鼠，因为玛德莲午饭后打开妙莉叶未来房子的门时，它们俩正各自躺在火炉边的椅子上睡觉，肚子圆滚滚的，连抬下头打招呼的力气都没有。玛德莲开始清洗地面，先是浴室，然后是厨房，到了房间时，她发现旧墙纸已是成片脱落。看起来太凄惨了。她和费迪南意见一致，不能保留这种状态，于是他们把墙纸全撕了。接着，她和孩子们一道准备涂料。两公斤土豆泥，两公斤默东白土粉，淀粉，用来固定水和以上混合物。至于颜色，他们想到用绿色。煮点龙蒿叶子便可得到绿色，味道也会很好，可惜这会儿不是龙蒿的季节。所以他们决定用陶土砖红。他们弄了一堆砖放到一个袋子里，用大榔头使劲敲，直到砖块都碎成粉末，再掺进混合物里。颜色有点发粉，路多维克觉得再完美不过了。尤其用在女孩子的房间里……

料理完墙漆，小鬼们便跑到谷仓捉迷藏。在一个阴暗的角落，他们无意中发现干草堆底下躺着两辆旧自行车，车上沾满鸟屎。也难怪，屋顶上一排燕子窝。他们把自行车扶起，发现正好适合他们，惊讶不已。恰巧费迪南经过，他便给他们解释，说这两辆车曾经属于他们的父亲罗朗和叔叔里奥奈尔。路西安呆住了。他瞟了眼路多维克，发现他也一样困惑，这才放心。毕竟，很难相信他们的父亲也有这么小不点的时候。而且他还有个他们从来没听说过的哥哥，这听起来真的不太像真的。面对他们的怀疑，费迪南只好给他们看照片。照片上两个小男孩，各自骑在一辆自行车上：其中一个圆圆脸，扮鬼脸笑着，另外一个，个头高点但没那么壮，眼睛望着别处，好像照相这件事情招他烦。费迪南的点评：那个小的，正在傻乐的，是他们的父亲，那时他七岁；那个一脸不高兴的，是他们的叔叔里奥奈尔，八岁。他们当然认不出父亲，所以没被说服。但是路多维克高声朗读了照片上的字："罗朗和里奥奈尔，1974 年圣诞。"他仔细端详照片，上面的自行车的颜色的确跟他们刚找到的这两辆一模一样。他开始想，看来这事不是瞎编的。

看到他们来到自己的小车间，居伊说笑着问他们打算拿两件锈透了的老东西干什么。路西安反驳道：首先，这不是老东西！是爸爸和他的哥哥在像我们一样大的时候有的自行车，你可说错啦！居伊承认了错误，路西安接着十分严肃地解释说，从今天早上开始，他想好了，他想学骑真正的自行车。三轮脚踏车，那是给婴儿的。那么，他就想用这辆车学。好吧。那路多维克呢？他不太在乎，他已经有辆超级山地车了。不过为了团结起见，他站在了弟弟一边。更何况，在农场这边再有辆车也不是件坏事，这一辆，他也不用担心在烂泥地里骑会弄坏。居伊便为这俩……老东西把脉。要让它们恢复使用状态需要不少功夫，是个吃力不讨好的活儿。车架沉，没变速，所有零部件都得换。不过不要紧，今晚他就可以完成给妙莉叶那辆车的翻新工作，之后他有的是时间。

开始干活前，他先给孩子们分配了防护面具和手套。他们觉得乔装打扮很好玩。居伊让他们自己给生锈的部分上去锈油，但别吸入挥发物，也别弄得到处都是。接着他教他们用勺子柄拆轮胎。至于找内胎漏洞，他们挪到厨房里进行，因为谷仓里实在太冷了。先把轮胎充满气，放到水盆里，使劲摁下去的时候，就有很多小气泡冒上来。他们觉得怪有意思的。路西安用圆珠笔把漏洞都圈出来，过会儿好贴橡皮。

47

提醒信

一天即将结束，路多维克有些担心。他寻思着如何确认明天，周日早晨，他和姨姥爷的约定能照常进行。虽然他才八岁，但已经遭受过那么几次失望的沉重打击。他有戒心了，经验告诉他大人们什么都能干得出来。不声不响就改主意，毫无理由地出尔反尔，连蒙带骗，捉弄小孩，不一定怀有恶意，的确，但他们仿佛觉得这样的行为再正常不过。不受处罚，没有内疚。和姨姥爷嘛，他也得谨慎行事，得旁敲侧击问他点问题。姥爷，你小时候有闹钟吗？或者是：那时候在农场，早上是不是只有鸡喔喔喔叫你们起床？居伊凑到他耳边悄声说道：别担心我的大少爷，我明天天亮就来接你。我说到做到，不用说别的。

第二天一早，七点，居伊如约把路多维克叫醒。天还黑着。他们一声不响地下了楼，身上穿得暖暖和和地出了门。在居伊的自行车后面，立着他们在谷仓里发现的那两辆车其中一辆，属于陌生叔父的那辆。原先沾满鸟屎的车，这会儿干干净净的，等待出发。

他们并排蹬车，一言不发。寒冷在前进的速度中让他们的眼里泛起了泪花，红了脸，僵了嘴唇。

到了地方，他们把车放到沟里，拽了拽大衣沿，整好帽子，擦干鼻涕。他们想让自己体面点。居伊让路多维克跟着他，别出声。他们沿着高墙走了一段后，居伊立起掩在草丛中的梯子，靠在墙上，然后他们便一前一后爬进了墓园。

路多维克要求居伊在远一点的地方等他。借着手电筒的光，他在加比的墓周围仔细勘察了一番，但找不到坑洼起伏的地方，石头间连道缝也没有。最后他只得把折了八回的小纸团塞到脚底下栽着玫瑰的土里。

给加比的第二封信（当然，剔除拼写错误）：

亲爱的加比姨姥：

我给你写信是想告诉你，我每天早晨总是会想做过的梦，我知道你一次也没来看过我。这让我很难过，你去了路西安的梦里，你在海里和他还有大鱼一起游。我想提醒你，是我请你到梦里来的，不是路西安的主意。而且，我也很想做那个梦，因为我特别喜欢在游泳池水里游，保持纪录的是我。这段时间我很想跟路西安说他有点傻帽。但如果这么说，他肯定会哭，还会去告诉妈妈。他动不动就哭，我觉得很烦。我在之前给你的信里已经写过，粗话，我一点也不在乎，我老说。也许，如果你来梦里看我的话，我可以试着不再说。那样超难。但如果你想让我这么做的话我可以试试。

你在的地方好吗？这里冷得要命。马上要到圣诞节了，我希望能得到好多礼物。也许你已经知道这里发生的所有事情。你要是不知道的话我可以告诉你。米蕾叶和罗朗很快会离婚。居伊姨姥爷已经习惯了见不到你，但他还是照样晚上不睡觉，不停地修自行车。费迪南，我觉得他想亲玛德莲，但他下不了决心。还有，你听了可能会不高兴，你的柠檬树死掉了。居伊姨姥爷太长时间忘了浇水。就是这些。我希望你很快回到我梦里来。

签名：路多维克

依然爱你的，

你的外甥孙

回到农场，路多维克上楼叫醒路西安。他们给自己做了黄油果酱面包片和两大碗热巧克力，吃完便去看霍唐思。他们提议再玩玩纸牌游戏。她选择玩接龙。他俩各赢一局，这让她大为不悦。好吧，那么她开始作弊，他们也就当没看见。笑容重新回到她脸上，西蒙娜分糖果给他们吃。

晚些时候，他们和费迪南一起去采蘑菇。他们必须在大衣外套上荧光色的安全背心，因为可能会碰上猎人。这个季节有不少猎人，弄不好会很危险。林间路上他们高声说话唱歌，以免被当成野鸡野猪。这么大的动静下，他们还是看到一只狍子和两只兔子跑过。但是蘑菇却是一朵也没见着。费迪南发起牢骚，肯定是有人发现了他的牛肝菌宝地并且先下手为强了。他们嘟嘟囔囔地回去了。

这天下午，雨下得凶，他们待在屋里看电影。费迪南一般都是从图书馆或朋友那儿借DVD，但这一部，他觉得特美，自己掏钱买了。电影叫《海洋》，里面当然又有鲸又有海豚。看着看着，路西安忽然一下子想起他头天晚上又做了一样的梦。他和加比还有大鱼一起游泳的梦。他在电影里面认出来了，就是它们，那儿！路多维克大为光火，说他没见识。所有人都知道海豚不是大鱼，它们跟人类一样，是哺乳动物！费迪南过来当和事佬，他自己也不太确定是不是这么回事……

电影结束，他们跑去玛德莲房间找她。他们打开了大提琴的琴套，拿琴弓蹭了几下琴弦，发出的只有嘎吱声。他们要求玛德莲拉上一曲，然后坐到床沿洗耳恭听。头几个音符一流出，他们都惊呆了。琴声温和地抚摸耳朵，肚子上的皮肤仿佛在轻轻震动，连脚趾头都觉得舒服。曲终，他们要求再来一首。玛德莲说她累了。她的手指太僵。想好好拉的话，她每天都得练习，她已经太长时间不拉琴了。路西安问为什么。她还没来得及回答，就在此时，科奈留斯一脑袋撞在玻璃窗上。孩子们奔过去给它开窗，欢天喜地。它也一个劲儿地点头，瞧它高兴得很呢。

48

分别

就这样，小鬼们过了个超级周末。所以周日晚回到自己家落差难免有点大。米蕾叶在外面的台阶上等着他们，她有重要的事要说。看到她的脸色，他们立马就明白了。她和罗朗结束了，玩完儿，没啥可说了。他们决定分开。结果就是，她带着两个孩子搬家。Illico presto。也就是说，立刻。她已经开始往车上装东西，他们得帮她把剩下的东西装上。这个消息尽管不是完全出乎意料，却也还是让他们吃了一惊。这仨就跟三段木桩一样戳在她跟前，然后路西安开始号啕大哭。她把他抱入怀中想安慰他，结果却是两人抱在一起哭。居伊趁着他们哭的时候把包一件件装车，路多维克到后厨去看他父亲。角落里，罗朗坐在地上。看到父亲这副样子，像只被抛弃的破面粉袋，路多维克肚子里一阵翻滚。他走过去，伸出手想帮他站起来，不过罗朗是什么重量啊，他不但没能把他挪动一毫米，还摔到他身上去了。他们俩都笑了。他们保持着这个姿势，拥抱着，直到笑劲过去了一会儿才分开。

米蕾叶不得不开启谈判。

居伊姨姥爷和加比姨姥的房子不远，相隔也就几条街，他们不用换学校，如果他们愿意的话，每天都能见到他们父亲，甚至还能去他家睡，他们的房间还会跟原来一样，总之，这事并不会彻底改变他们的生活。他们这才放心，于是上楼挑了几件玩具，然后上了车。罗朗在台阶上向他们挥手道别。

49

借酒消愁，愁上加愁

米蕾叶和两个孩子住到了居伊房子里，一切安好。路多维克和路西安很快适应，有些方面他们甚至觉得比原来还好。比如上学放学他们可以独自行动。路程比原来住在餐馆的时候还近，只需穿过两条街。米蕾叶让步了。而且她也很愿意让他们去面包房买面包，孩子们无比乐意。她猜不到每次他们会买一大堆糖，不然她肯定会拒绝。小鬼们花的是罗朗给的零花钱。米蕾叶一点不知情，那是他们的秘密。总之，罗朗和米蕾叶之间是不说话了。他们还一起工作，两个人都没得选。她是因为别的活她也不会干，他呢，自己一人管不了餐馆。但米蕾叶说不会长久这样下去，这种状态让她太难受。她做梦都想换工作，干脆改行。可是哪行呢？她还不知道。这一带工作机会本来也不多。所以，还是暂时把那点骄傲搁一边，继续在餐馆上班。有些晚上她知道下班会很晚，就把孩子带过去让他们在那边睡觉。但她尽量避免，因为她讨厌独自一人回家，那会让她沮丧。她越来越爱喝酒，还和抗抑郁药混一起，这样很不好。通常，几杯酒下肚之后，她会跑到入门处的大镜子前，就是那面能从头照到脚的大镜子，看着镜子里的自己边哭边说一切都搞砸了。二十八岁，两个孩子，马上要离婚的人。完蛋了。这辈子不会再遇到别的人了，爱情生活就此结束。太老，太蠢，最糟糕的是，小腹松弛，胸部下垂。太吓人了。如今还有哪个男人会想要这么一个女人……

这就是为什么晚上下班后她不想一个人在家。为了避免喝酒和在那面能从头照到脚的镜子里看自己。一喝红酒她就伤心。但喝别的酒也是，她试过了。效果一样。

50

《老年团结计划》档案

卢米埃姐妹俩决定卖房子。西蒙娜受够了，她每周都得往那跑，各个角落巡视一圈，看看百叶窗是否被人撬开，有没有小动物在壁橱里或洗手池下筑巢建窝，收邮件，读侄子寄来的让她脑筋打结的恐吓信。还不如一次性把事情都了了。况且现在她们已经把农场当家了，没必要再留着那房子，省去那些不可避免的开销，不用白花钱。西蒙娜要去通知邮务员。从现在起，所有邮件都送到农场来。没忘记每周三的《鸭鸣报》，她们订了已经有……一世纪？

妙莉叶跟她们说起那个房地产中介。她实话实说，这人不是太给力。比如，给她吧，他就什么都没找到。不过很明显，比起找出租房，卖房子他积极多了。三天内他已经带了好几个人看房子。他说，有一对夫妇看起来特别感兴趣，看了好几回。他们对原来的电配商店一见钟情，那完全就是他们一直寻找的想用来改造成艺术工作室的空间。只需等他们出价了。两人迫不及待。尤其是西蒙娜。

霍唐思嘛，她其实不太在乎。对她来说，这一切已经在千里之外。

小结一下。

1. 米蕾叶和孩子们住着居伊的房子。

2. 玛德莲的房子还远没有修葺好。

3. 卢米埃姐妹将房子挂牌出售。

是时候把所有事情摊开理顺了，也得给农场算笔账。这事情很自然地落到居伊头上。列计划描图表这种事，其他人都不太在行。他呢，喜欢弄这个，癖好来着。他准备了一份新档案，收入和开支，并且起名叫:《老年团结计划》。他乐于起各种名字。这个听起来有点波兰的味道，玛德莲的国家，不错。

为了做到最大程度的收支平衡，他建议每人把每月退休金的一半放到集体钱箱里。根据他的计算，这样可以满足维持农场运转的所有基本开支。比他们自己住时少许多，他们很惊讶，但觉得非常好。对于费迪南、居伊、西蒙娜和霍唐思来说，这事很简单。至于玛德莲，他用了另外的方法来考量，因为她既没有退休金也没有任何形式的补助。不过，也很简单，而且最终也回归到同样的逻辑上，她的份额就是她生产的水果、蔬菜、花、鸡蛋、蜂蜜、果酱、核桃油等等的一半。另外一半，她拿到集市上卖。

单算水、电、电话费，加上电视解码器、月租、税和保险，差额就已经很明显。之前，他们自己每家都得付的钱，现在只需付一份。只有一部电话，一份月租，一份保险……能省下不少钱。他们可以把钱存起来，也许能买个……事情来得太快，他们还没来得及思考这笔横财的用途！真叫人兴奋。

51

从妙莉叶的角度看……

妙莉叶在房子另一翼安顿下来。她每天去看霍唐思，给她擦洗、打针、做护理，早晚各一次。不下雨的时候，她扶她坐上轮椅，带她到户外透气。其他人需要她帮助的时候，她也很愿意效劳。费迪南砍柴时伤了手，她坚持要每天给他换绷带。他承诺到时候由她来拆线。她高兴极了。现在，她需要加强的，是抽血。她总是下意识地加快速度，动作有点粗暴，她想改进。变得超职业，动作还得温柔，那是她的目标。不像那些来抽空她母亲的肚子的巫婆。当她们把那只大针头插进她肚皮里抽腹水的时候根本就不怎么在乎是否弄疼了她。如果她喊疼，她们就说她活该，肝硬化，那是自找的，她豪饮之前就该想到的！妙莉叶想做到既能干又温柔，她确定这是可以做到的。居伊提出让她在自己血管上练习抽血，他觉得没问题，他既不怕针也不怕疼。

实践练习方面，这里十分完美。住房也是。这里有的是空间，她不必每天早晨一起床就把床折叠起来好腾出地方穿衣，或者吃完饭就得赶紧洗碗如果她想在盥洗池上厕所。她很开心。唯一的遗憾：没有网络。需要找资料写作业或者给朋友们发消息的时候就很烦恼，也不能在网上聊天，更不能玩白痴网络游戏。还挺让她想念的。除了这点，剩下的都好。老人们都还比较酷。和他们一起生活这念头不是那么容易想象的。这一个个都是人物……

比如，霍唐思。她很有趣，但她那臭脾气，真叫人有够受的。情绪每天跟坐过山车似的，还动不动失忆，每天可不都是好日子。而且这个老太太，她是有多怕疼啊！给她做护理不是件简单的事。除非让她唱歌。啊，这个，说起来真是太奇妙，只要她一唱歌，一切问题消失，她什么都记起来了，歌词、旋律，整个人平静下来，变得温柔又迷人。叫人叹为观止。要是这样继续下去的话，妙莉叶得去她曾祖父住的养老院再做个实习，好更新她的乐库。不然这儿的活可就没法干啦！

还有，西蒙娜。她当女领队，完全是因为她是两人中年轻的那个，身体也还算好。招人烦。不过话说回来，她所做的一切，都是为了霍唐思，出发点都是好的，咱也没啥可说。可怜的人，她太害怕失去霍唐思了。如果那天到来，她肯定当场就让自己随她去了，再没什么能支撑她。长时间粘着一个人就会这样。都没有个人生活了。妙莉叶觉得这样很悲哀。在这方面，她倒是可以安心，这种事应该不会发生在她身上，她超级独立。

然后是巧手的居伊，自行车拯救大师，无用计划炮制者。人们会说他像对待小花园一样耕作着他的不眠之夜。一小格一小格的栀子花——他固执地叫山茶花，又一个老头的怪癖——花坛里，播撒的是对加比的挂念，为他思念的人而种的苦艾花，间或来几丛神奇米蕾叶，还有大片大片的小鬼们，这样颜色才够鲜艳……不，不开玩笑，这个家伙真挺讨人喜欢的。他那些怪癖同时也挺叫人抓狂。不过妙莉叶酷爱他送的自行车。太特别了，特别到没人会动偷的念头。哪怕她忘了锁！百分之百，打包票！

当然，还有费迪南。这个穿着笨重的木鞋还以为自己动静不大的人。确定自己将横贯胸口的那道醒目伤口成功隐藏。不，不，真的，太有意思了！他做出一副无欲无求心如止水的样子。可是该死的，他才七十岁！可已经老眼昏花！妙莉叶想他要是没那么蠢，他会把眼睛睁得大大的，他会看到生活还远未结束呢。他会看到的……

玛德莲。五人之中最年轻的，爱笑，善解人意，话说一半她便明白，和她聊天，说什么都不会尴尬。不过，奇怪的是，在她平静的外表下，掩盖的是比其他人更痛的伤。她成功地融入这个地方，尽管说话仍带轻微口音，还带头驴拉板车，还有其他一些类似的怪异东西。妙莉叶总忍不住想问她为什么躲到这里，她到这旮旯来干什么？这里头有些东西不合情理。除了这些，她和其他人一样，也是个疯子。就那驴的事，要先问它是否同意拉你们一趟，简直是妄想症啊……

圣诞假期来得正是时候。妙莉叶终于可以起晚些，下午还能睡个午觉。她有不少觉要补。余下的时间，她用来照顾霍唐思，复习功课，帮忙做饭。没工夫无聊。更何况，餐馆那边，米蕾叶也找她干活：三个晚上加一次午餐。钱，她已经想好怎么花了。她要买衣服。自从三餐规律后，她长了不少体重，裤子都套不进了。

52

剥核桃

不到五点，天色已暗。路多维克跟着科奈留斯的步伐节奏走着，一只手扶在驴脖子上，另一只手抚着贝尔特的背。在它俩中间，他很安全。他的想象力可以放心流浪。他独自一人，父母被敌人囚禁，只有他，和他的驴科奈留斯以及狗贝尔特，成功逃脱，这也是为什么他们已经赶了好几个小时的路，走夜路不容易被发现，但他们得特别小心，不能弄出大动静，不能咳嗽，不能打喷嚏，不能吠，连放屁都不行，这对一头驴来说可真是件难事，但是科奈留斯可不是一般的驴，它心里明白得很，于是它夹紧屁股忍着屁，因为它知道放屁很危险，可能会把坏蛋们惊醒，那太可怕了，他们会抄起枪朝它扫射，这些残忍的人要杀掉他们；好吧，现在他们非常累，狗的舌头都快拖到地上了，这样下去它会渴死的，得找到水才行，但是因为战争，水阀都被关了，不要紧，他发现了一条河，不过首先他们需要休息，连续赶了这么多小时的路，真是累死了，呀，一个废弃的谷仓，他们可以藏

身，可以在干草堆上睡觉，不过睡觉之前，得先吃东西，他们饿得肚子咕咕叫，好在食物补给他们有的是，板车上有三大袋核桃，他们从一位老妇人那里偷来的，她房子的屋顶塌了，她被冻死了，可怜的老妇，他们到的时候已经晚了，没来得及救她……

科奈留斯在谷仓门口停下，玛德莲卸下板车上的三大袋核桃。她给它除去车套，抚摸着它的鬃毛，在它耳旁轻声说："辛苦你了，谢谢，晚安，科奈留斯宝贝儿。"它点了点头，扭头朝路多维克一顿蹭，差点没把他推翻，又飞快地用脸碰了贝尔特一下，就回它的驴棚睡觉了。

一群人围坐在厨房的桌前，霍唐思和小家伙们用榔头砸核桃，费迪南、居伊、玛德莲和妙莉叶负责筛选。一丁点核桃壳也不能有，这点很重要。壳去净之后，玛德莲就会把核桃仁送到磨坊。她指望能榨出十几升油来。路多维克算了一下：榨一升油需要两公斤剥好的核桃仁，也就是带壳核桃六公斤。而一个晚上，他们能剥……老天，照这个节奏，他们得剥到圣诞节！

他们一边敲核桃壳一边玩是非游戏①。提问的是孩子们。当然，每次问到霍唐思，她总是输掉。他们觉得很有趣。她却是越来越恼火。西蒙娜睁圆了眼睛在她的核桃堆上忙活。她希望他们在事态变糟糕之前能换个游戏玩。

---

① Ni oui ni non 的游戏，被问者不能用“是”或“不”回答，否则被认为输掉游戏。

——妙莉叶，你对你的新房子满意吗？

——绝对。

——费迪南，你喜欢喝李子酒吗？

——当然。

——居伊姨姥爷，你晚上睡觉睡得多吗？

——不太多。

——玛德莲，你是不是觉得费迪南人很好？

——非常。

——西蒙娜，你是不是有点很老？

——呃……很。

——霍唐思，你是不是喜欢吃我们做的饭？

——啊呀，是啊！

孩子们笑疯，霍唐思咆哮了。

——这游戏太蠢了。还有你们，你们不能问点聪明点的问题吗？你们好像是故意让我输的。这个，真叫人不敢相信！

53

拐杖把戏之后继有人

费迪南打算去餐馆一趟。跟罗朗打声招呼。有一阵子没他的消息了，打电话不接，也不回电，哪怕给他留了言。费迪南跟米蕾叶打听的时候她总是含糊其辞：还好吧，我不清楚，给他打电话，他自己会告诉您的。这让他有些担心。

他推开门，铃铛响起，没人。厨房里也静悄悄。他在通往二楼公寓的楼梯脚下喊了几声，没人应答。他心想那就去喝一杯吧，正好等他回来。他肯定没走远，不然也不能把餐馆门敞着。的确，罗朗就坐在对面咖啡馆的露天座上。费迪南瞪大了眼：这龟孙子，正抽着小烟！多少年了，他因为他每天抽一次烟斗这事跟他过不去，这会儿，他自己抽着小烟！桌上的烟灰缸是满的！而且，烟灰缸旁边摆着杯白葡萄酒。散装酒，肯定的，对面咖啡馆只有这个。看到这里，他乐了。他穿过广场。罗朗正忙着盯那个踩着大高跟鞋靠近的年轻妞，并没有看见父亲走过来。女子走到罗朗正前方的时候突然绊脚摔倒。他想扶她起来，被她推开。她一边走远一边破口大骂。大傻X，别碰我，不然我打爆你的脸！

费迪南在他旁边坐下。

——挺漂亮，这手杖。不过，你要是老拿它干这种傻事，早晚要惹出事故的……

——啊，是啊，这妞不错！可，你在这儿干吗，爸？我没看见你走过来。

——我来跟你问声好。

——你真是好心。

——你好几天不接我的电话，我有些担心。

——谢谢你为我担心。

——这很正常，儿子。

他清了清嗓子。

——还好吗？

——是的，怎么啦？

——没怎么。这个，你就这样喝上竞争对手的白葡萄酒啦？

——对啊。

——不好喝吧？

——不，是糟糕透了。

——是啊，我就是这意思。

他们每人要了两杯，邻里关系还是要维系的，然后，在朝老板喊了声“嘿，保罗，回见”之后，回了餐馆。罗朗拿出一瓶夏布利白葡萄酒，邀费迪南入座，斟上酒。终于，他们可以深吸一口气，这酒真棒，和生活又言归于好了，上帝作证！

费迪南把他的计划告诉儿子：在他的遗嘱里加条款。万一他有遭遇不测，他希望居伊、玛德莲、西蒙娜和霍唐思能在农场平静地生活下去，简言之，他想给他们使用权。这很正常，你说对吧，罗朗？罗朗觉得是很正常，他完全同意。不管怎样，亨丽叶特去世之后他继承了餐馆，他认为自己已经得到了该得的那部分。至于农场，他真的无所谓，他没跟父亲直说是不想让他难受。不过话说回来，里奥奈尔那边会有问题吧？不，费迪南已经在电话里跟他说过了，澳大利亚人没觉得有任何不便之处。他其实也想到了，但他很实话实说，他说，他压根儿就不在乎。啊是嘛，他这么说啦，里奥奈尔？Foc ze farm，这是他的原话，然后他翻译了。完美，那么问题就解决了。现在他们可以聊点别的事。

话题也不是说来就来。先是几声叹息，几个对啊……终于还是来了。

说说，这独自一人可真不容易。啊，这事啊，这个费迪南也是知道一点的。早上醒来，身边没人。晚上睡觉，身边还是没人。有些日子你禁不住问自己，你像傻子一样吭哧吭哧地过着日子这是图个啥啊。对啊……叹息。沉默。喝一口酒。又叹口气。费迪南想该是出点主意的时候了。经典方案：孩子、工作，和紧随而来的一切。罗朗数着天花板上的苍蝇。酒瓶见底，费迪南调整了语气，情绪高昂，一脸兴奋，建议罗朗……重夺领地！但罗朗苦笑了一下，沮丧地摇了摇头。好吧，既然此路不通，那就换条路，振作起来，别一个人待着，晚上出去玩，去舞会，去夜店，他妈的，生活不是到此结束，天涯何处无芳草，这世界上除了米蕾叶还有别的女人啊！罗朗站起来，丢过去一句“说说你自己吧，爸”，然后下到地窖又拿了瓶酒。费迪南看不出他和这事的联系，只在胡子里嘀咕着“这个傻帽”。

第二瓶酒也见底了，罗朗有点饿。他让费迪南留下来吃晚饭。这天餐馆关门，他们想吃什么就做什么。那么，头盘……他打开冰箱看一眼……荨麻黄油蜗牛锅，你觉得怎样？然后，来个香槟腌制小野猪腿，烤了，就牛肝菌？费迪南撇撇嘴。你的牛肝菌，哪里来的，他一脸狐疑地问。一个朋友那儿，罗朗回答。这附近的？对啊。哼，混蛋，肯定是他发现了我的蘑菇地。

他们度过非常愉悦的时光。酒自然是喝得有点多，但是收获了疯笑和眼泪，酒精，总是对情感的宣泄有帮助。细想之下，他们才意识到这是第一次他们俩单独在一起待了一晚上，没有旁人。这个发现让他俩都愣了。老天。也就是说，这是一个七十岁的父亲和他四十五岁的儿子第一次单独地面对面……他们在这个沉重的事实前沉默了好一阵。罗朗用了一句俗话试图把这一发现积极化：来得迟总比没来好，费迪南耸肩做了个鬼脸。他觉得没必要纠结扭捏。失掉这么多时间，只能是叫人难过。对他费迪南来说，现在才发现他儿子原来不只是个小傻帽。而罗朗，也才发现他父亲不只是个老蠢驴。

54

玛德莲娓娓道来

我漂浮着，每次音乐会快结束时我总是有这种感觉，觉得我的脚没有着地。很舒服。很想让这种感觉持续下去，尤其是不要太快着地……我回到化妆间，坐到镜子前。手机响了一下，是音乐会中收到的信息。是个陌生的号码，我决定回头再听。要先卸妆，换衣服。我想大概是从这一刻起，所有一切都开始减速运转。也不是，我知道这不是真的，但这是我的感觉。我的记忆变得歪扭，把时间拉得老长。我拿起电话，听了那条留言。有个声音让我打一个电话号码。一瞬间，我浑身发冷。我很生气。我想肯定又是谁把后门敞着，就是剧场后面朝街开的那扇门。但实际上并不是这样……我拨了那个号码，还拨错了好几次，终于有个声音干巴巴地问了我的名字，让我等会儿，然后是一个女人的声音，更温柔沉稳一些，跟我说话，夫人，发生了些事情。我不想往下听，我想打断这个荒谬的事情，但我没挂掉电话，我从椅子上站起来，电话里的声音说出了我两个女儿的名字，我的血凝固了，声音说她们出事了，我跪倒在地，我的肚子像撕裂了一般，声音企图节省时间，我在呻吟，叫喊，它又说，冲击很突然，她们没有时间反应发生了什么。不！我不想听！我不想听！您弄错了！它说很抱歉……我求您了，不，求您了。让我回去，回到过去，抹掉这一切，不要打这个电话。如果我早点挂掉电话，也许……我希望这个声音就没存在过，从来没说过这些话。我希望……希望它死掉！……抱歉……太傻了……一说起这个我总是控制不住。我想走一走。

费迪南扶着玛德莲的胳膊。天又黑又冷。他们一声不吭地走了好一会儿。然后就回去了。费迪南煮了水，做了杯茶汤。他们挨着坐在火炉旁，猫很快前来蜷在膝上。马洛奈特肚子有点圆。费迪南天真地说这个漂亮的女猎手估计又对付了不少野鼠。玛德莲忍不住笑了。您是个迷人又有趣的人，真的，费迪南，她真想这么对他说。她差点就说了。可是，没有，言语悬在舌尖。

关于玛德莲的两个女儿，费迪南现在了解多一点了。

她们很漂亮，本来是能做一番大事的。她们什么都想尝试，什么都想学。甚至修葺刚买的房子那个摇摇欲坠的屋顶！没有不可能之事。她们俩，都是刚刚和各自的未婚夫分手——她们是双胞胎，经常同时干一样的事——她们想一起，从头开始一切。然后，她们的道路和一个忧郁的年轻男孩的道路相交。他并非有意，却把她俩也带走了。她们二十五岁，他才十九。她能想象到了那边她们会对他说什么，会怎么骂他。喂！这是什么乱七八糟的？你都干了些什么？你怎么不喝个烂醉然后乖乖待家里，王八蛋！你女人把你甩了，而你，你就把自己断送了！那女的就是一摊烂泥！一文不值！你本来会遇到更好的，你能和她一起环游世界的，你想想？现在，得了。什么都没有了。零。你的父母，你知道你把他们折腾成什么样了吗？你知不知道从今天起，到他们生命尽头，他们都会以为你喝成这德性都是他们的错？他们会以为没给你足够的爱，不懂得给你爱。太恶心了。你很清楚他们已经尽力了。再看看我们的妈妈。她再也没法从失去我们的伤痛中走出来了。你干的好事，糟糕透顶。好，好，的确，不关你的事。生活是个婊子，是人都得死，就是这样。但是我们有权利不喜欢！得了，别哭啦。是，会很艰难，他们肯定得花好多年，但总能学会过没有我们的日子，我们的老人家，你知道的……好吧，我们撤了。你要是害怕一个人，就跟我们来好了……贝尔特是唯一生还者。在玛德莲到之前，武警看护了他两天。她从火车上下来，手里只有一只小行李箱和她的大提琴。女儿们本来打算修整房屋，邀她在巡演完前来，准备给她惊喜。她费了不少劲才找到房子。驴和猫已经独自过了好几天。科奈留斯成功地打开了驴圈的栅栏，把菜园里和房子周围能吃的都吃了。但是达努塔的猫末日，从来过的都是家猫的生活，还不知道如何捕猎，状况甚不妙。所以，即使那一刻她只想倒地、消失，融进土地里，消散在空气中，但是她没得选。贝尔特、末日和科奈留斯就在那里，它们需要她。它们是她得到的遗产，她没有权利放弃。于是她留下来了。为了它们。而且再也没有回过波兰。她把过去打上了封条。有时候，她会算自己还剩多少日子。只是为了有个概念。她查询了猫和狗的平均寿命，还有驴的。她知道了一条狗能活十八年，一只猫能活二十五年，一头驴，四十年。真是个要命的合约啊。有意思的是，她还查到一只鸡或一只鹅能活十八年，一只乌鸦五十年，一条鲤鱼七十年……

55
放学

居伊和费迪南坐在离学校大门不远的长凳上。从那里他们可以看到大钟显示的时间，也能舒舒服服地观察门口出入情况。他们心里在打鼓。四点半，铃声响起，校门大开，学生们拥出学校冲到街上。他们从长凳上起身。一群小年轻在离他们不远的地方聚集，吵吵嚷嚷的，所有人同时在说话、起哄、拿包互相打。两人靠近，费迪南清清嗓子，抱歉打扰他们，但他有个小问题想问。所有人瞬间停止说话，斜眼看着他。费迪南有些窘迫，他问，他们中是否凑巧有人在找房子。男孩们一脸狐疑。这俩老家伙是什么人，他们想干什么，这把年纪了还守着学校放学，动机不太明朗……不过其中一个男孩认出他们来了，他在叔叔的咖啡馆里见过，他们是退休的农民。学生们放心了，开始七嘴八舌。可不么，金姆马上要无家可归了！他们大声喊他的名字。他总算晃悠过来了。啥事？没错，他租住的那家人想把屋子收回，他很快得卷铺盖。你们有什么主意？是那两位，喏，他们也许有什么。酷，房租多少？费迪南和居伊提议到长凳上坐着好好商量。

那么，是的，的确，他们有个房间，但他们想找的是个愿意一周在菜园干几个小时活儿的人。还真不傻，年轻人嘲笑道，他凑巧就是农业学校的学生！不过他要把话先说清楚：老式的种菜法，他不感冒。他要弄，就得是无化学农药的耕种法，不然就拉倒。费迪南和居伊互相瞅着，这可不正是他们要找的嘛。就算是这样，年轻人接着说，那还有另外一个问题：房租，他们要多少钱？他可是囊空如洗。这回轮到老头们嘲笑他了。居伊明确说道是劳动换住房、食物和洗衣服务。金姆瞪大了眼睛。这事要是只是他们说了算，那肯定立马拍板，不过事实是，他还得去见见负责人。还有合租的女房客。没那么简单。负责人是个坏脾气老太太，恪守原则，思想保守，还有其他种种。他们俩乐于把画幅描黑。小毛孩默默听着，不露声色。看起来没被吓到。这正是他们要找的，一个胆子够大的人。他征服了他们。玛德莲这一关，他们肯定会很好过。妙莉叶嘛，反倒没那么确定。金姆跃跃欲试。他想见负责人，越快越好。一不做二不休，他们干脆决定马上带他前去。

当然，他们事先并未通知玛德莲。所以她以为他是个对农艺好奇的学生，来参观农场搜集材料。她很自然地带他去看她的领地。正值冬天，菜园里东西不多，但还是有些大葱、圆白菜、野苣、菠菜、野菠菜、黑皮萝卜等等。她向他解释种地的方法。他看起来还懂些东西，知道堆肥、轮换种植、行间种什么花防虫害。她说用荨麻粪水，木贼煎汤，还有柴灰。富含钾肥，对付鼻涕虫也很有效。您知道一只鼻涕虫能活六年吗？啊，真不简单！一只蚯蚓呢？能活到十年！哇噻，神了！

从菜园回来，他俩忙着聊天，径直从坐在长凳上的费迪南和居伊面前走过。玛德莲带金姆去看蜂场，她打开一罐蜜让他尝。他很喜欢，又抿了一点。她觉得他很可爱，这个男孩，有热情，对什么都充满好奇，提的问题也很切中要点，相当有意思。科奈留斯好奇心也很强，它从门上探出脑袋想更近距离地瞧瞧这位新来者，四下嗅闻，蹭他的肩，踩他的脚。它不是唯一一个对他感兴趣的。贝尔特从他一进门就一路贴着他的脚后跟。

他们再一次径直从长凳前经过，进了厨房。玛德莲很快又出来向两位伙伴宣布她请小年轻留下来吃晚餐。费迪南和居伊互相道贺。他们的计划进展顺利。

等妙莉叶回来，他们便去找她，把诡计向她公开。她自然是拉长了脸。她自己一个人清净得很。从今往后她就得跟别人共享这个空间了，得改变习惯，得收拾东西，堆积在洗碗池里的盘碗要洗，也不能把小内衣内裤挂火炉旁晾了。他们弄的这出真是招人烦。但他们又让她先安心，事情还没定呢。玛德莲还不知道这是怎么一回事，她完全有可能拒绝。妙莉叶叹了口气，希望如此。她一脸不置可否的表情，推开了厨房的门，认出了金姆，有几次他们在餐馆一起干活。她还挺喜欢他的，这家伙怪有意思。他看到她也很惊讶，问她在这里做什么，她邀他参观她的屋子。

晚餐之前，居伊不停地给费迪南使眼色。他的意思是，过了这村就没这店，得跟玛德莲摊牌啦。费迪南见躲不过去了，便走到玛德莲身边，问她能不能出来一下，他有重要的事要告诉她。玛德莲答应了，一脸困惑。他先从菜园说起，说她一个人料理这一大摊子，开春之后活儿肯定更多，尤其是现在这里住了六口人……听着有点不大对劲，玛德莲打断话头，让他有话直说，再这么曲里拐弯的，干酪烤地瓜就得焦啦。他又踌躇了一会儿，终于把他和居伊的想法和盘托出。她撇撇嘴，因为自己完全被蒙在鼓里而不悦。但是，她不能否认，有一阵子了，一想到等待她的一大摊子事，她就睡不好。可以确定的是，有个帮手会好很多。他们并肩走着，谁也没说话。就要往回走了，玛德莲想说谢谢，她转头向他微笑，吻了他，吻在了……脸颊上。实际上她是想吻嘴的，却在最后关头偏离了轨道。下次吧，也许。Moze，她会大胆些。不，下次，她会这么做的，一定！所有这些犹犹豫豫，都该变得荒唐可笑了，简直是青涩少年的模样啊。

就是这样。

这就是金姆初到农场之日。

56

龙卷风金姆

金姆迫不及待要搬进来，他和妙莉叶商量，当晚在厨房搭张野营床睡下，等着清理粉刷楼上的房间。她答应了。一开始，她并不确定这是个好主意。分享空间，意味着她得穿戴整齐去卫生间，得踮着脚尖去看冰箱里还剩什么东西打牙祭，夜里避免开灯，想放屁还得忍着。她已经习惯独自生活了，她肯定要后悔的。但是很快她就改主意了。因为，能有人一起聊天聊到夜里三点，能像两个疯子一样狂笑，能有人一起打枕头仗，互相倾诉甚至是私己秘密，真的是件太愉快的事。于是，一切关于日常组织的问题也就迎刃而解。浴室，她喜欢晚上洗澡，他呢，习惯早上。很好。她爱失眠，他是一睡就等于昏迷的那种，所以，夜里给炉子添柴的任务交给她。完美。她起床很费劲，他呢，一旦起了床就精神百倍，准备好了咖啡和面包片就去挠她痒痒。绝妙。骑车上学的路程，正让她焦虑，因为这个季节天亮得晚，现在可好，两人一起让这段路程也变得好玩。酷。他有女朋友，她单身而且打算接着单下去，尤其是在上段“爱情故事”惨痛收场之后，所以他们会是兄妹。十全十美。

金姆是股龙卷风。周二晚上到来，周三上午他就把未来的房间打扫得干干净净，下午，他准备好涂料（玛德莲的土豆配方），晚上，刷第一层；周四，放学后，刷第二层；周五晚上，他便安顿下来了。

完美无缺。只有一个小问题：网络，这里太需要了。他去陈情。整个地球，所有学问，全人类，近在咫尺。为什么要拒绝进步！不懂得利用网络太愚蠢。他和妙莉叶可以教他们浏览网页，使用鼠标，帮他们找信息和各种有意思的网站，什么主题都有，农艺、机械、自行车运动、海豚和鲸、毛线编织、羊毛纺线，没有止境。椅子都不用挪便可以参观博物馆，听交响音乐会，环游世界，去看泰姬陵！他们会非常喜欢的。

居伊去咨询了，相对于他们现在付的钱，换成一个网络—电视—电话三合一的套餐并没有贵很多。他还看了电脑的价格。用他们从开支里省下的钱，买台电脑应该是绰绰有余。他还补充了一条，小鬼们也会高兴的。所有人当然都投了赞成票。妙莉叶开心得直跳。

霍唐思兴奋不已，她要学习在网上冲浪！点击一只老鼠的背部！在脸书上添加个人资料！她太喜欢这两个新朋友了，尤其是那个年轻男孩，她觉得他很搞笑，很有意思，而且长得帅……哎呀呀。他有点让她想起当了她一天丈夫的沃克塔夫了，是不是，西蒙娜？霍唐思做纯情少女状时，西蒙娜只好耸肩叹息。她甚觉厌倦。这时候的霍唐思绝对认为自己只有二十岁，非要告诉她她其实多过了七十五年也没什么意思。所以，很简单，她什么也不说，等着事情过去就是了。

57

工程，计划和计算机

三月。

玛德莲的菜篮子工程刚刚启动。要产出足够这一家七口的口粮，还要有得在市场上卖，金姆和她仔细考虑、计算之下，结论是必须扩张规模。他们要征用费迪南的菜园。他没意见，反正园艺活总让他背疼。他们开始准备小块的地，有些铺上驴粪肥，有些铺稻草。金姆挑了个角落戳了几根覆盆子和醋栗插条。他喜欢这个。

肉，不太关玛德莲的事，他很清楚。于是，一天晚上，他问居伊和费迪南，来一个小养鸡场，意下如何？

他们还没来得及回答，他又补充说他愿意照料，占用不了太多时间。至少，大家伙时不时都能吃上好肉。保证零抗生素无激素没有转基因。两人非常赞同。实际上，没人会反对。蔬菜固然好，但老是光有蔬菜，也会乏味的。问题在于鸡饲料。他们去看了农场后面那一小片地，费迪南没租给伊冯的那片。如今处于荒芜状态，只有科奈留斯会光顾。金姆提议把地种上，作为他的实践课程。拖拉机状况良好，他可以学着操作。西蒙娜还说她小时候人们把荨麻剁碎拌着谷物喂鸡也很好。说到屠宰，他承认这差事他不太想揽。居伊倒是可以接受。好吧，到时候再看。实在不行，金姆认识一个肉店学徒，他可以问问他，拿几只鸡做交换。他们互相击掌。现在只剩下找种子和鸡苗了。

电脑送达农场之后，金姆和妙莉叶向老人家们展示了如何使用。霍唐思完全没明白这鼠标是怎么回事，但仍然觉得这一切要了命的激动人心。相反，居伊就显示出相当的天分。他开始把大把的不眠之夜用来冲浪、浏览、探索网络。有天早晨，早餐上，他提出了创建网站的主意。他认为让人们知道他们的经历是件蛮有趣的事，告诉人们他们如何一起生活，有哪些利弊，诸如此类云云。金姆把话说在前头：这件事，他们不能指望他和妙莉叶帮忙，建网站非常复杂，他们对此是一无所知。但这并没有冷却他们的热情。他们开始思考给网站起个啥名字。居伊有主意：solidarvioc.com。

不太好听，不太诗意，但意思在那摆着，所以他们都说行。居伊便投入工作。

58
淡淡忧伤

一天晚上，吃过晚饭，他们在屋外坐着——老人们坐长凳，霍唐思坐轮椅，新人们坐板凳——来农场后第一次，金姆说起他的父母。他们生活在六十公里开外的地方，他几乎有五个月没见到他们了。他们切断了他的生活来源。他总不好好上学，他们受够了。他也不怪他们，要是他也会这么做。他很想念他们。圣诞假期他本来可以回去，但他选择了留在餐馆干活挣点钱，又将钱散尽。现在，他后悔了。因为……老不见面的话，可能慢慢就相忘了。

所有人都在点头，但谁也没说话。

他妹妹叫美（他发的是麻衣的音），五岁了。这是个越南名字，意思是梅花。

他妈妈叫艾梵，意为喜欢云的人。

霍唐思免不了问他的名字是什么意思。他必须回答。

金姆，是金子的意思。

她觉得特别美。然后又问他爸爸叫什么名字。安德烈？啊，显然，这就没那么诗意了，但还是挺好听的。

所有人陆续回屋睡觉——除了居伊，他打算花几个小时弄他们的网站——费迪南提议让金姆给他父母打电话请他们这两天来农场吃个午饭。所有人都会很乐意见他们。而且这样的话，他也可以带他们看看他住的地方。好，他会打这个电话。

59

费迪南和他的墓牌们

——嗨，爸。

——嗨，儿子。

——你知道我为什么打电话吗？

——我哪知道？我又不是神棍。

——那你总知道今天是什么日子吧？

——是啊，怎么啦？

——但是，因为……

罗朗的声音沙哑了。他轻声抽泣起来。

——怎么啦，罗朗？发生什么事了？

——今天是妈妈的祭日，你竟然想不起来。

——啊，这个啊……

费迪南长嘘一口气。他已经开始想象可怕的事情。孩子们生病米蕾叶遭遇车祸餐馆失火……这孩子总是把所有事情悲剧化。这个亨丽叶特去世都六年了。他有的是时间去消化……

但他得表现出宽容。

罗朗这段时间不太顺。他没法从和米蕾叶分手的阴影里走出来。最开始，他看起来还扛得住，似乎能从哲学角度来看待问题。生活不是一条平静的长河，这点挫折算什么，他能游得更好。好像为了证明这一点似的，他勾搭所有经过眼前的女人，尤其，当然，当着米蕾叶的面时，他更是使出浑身解数。他甚至打起妙莉叶的主意，是有天晚上她从餐馆下班回来说的。她自然是轻易让他后悔起了这条心。老男人，她不喜欢，更何况还是胖子。另一方面，米蕾叶这边，事情在起变化。不知不觉地，她已经恢复了，状态也好了。不是一夜之间的事，但也差不多。她先是停止服用抗抑郁药，减少酒精消耗量，又剪短了头发，改变穿衣风格，还报了体操班。为了有更多自由时间，她有时会让孩子们睡到罗朗家。慢慢变成一连好几晚。最重大的变化发生在她加入业余剧团之后。那是事情的分水岭。也就是从那会儿起罗朗失去了平衡。等到他明白了她已经寻得新人，他摔得更是眼冒金星。尤其是在她的年纪。罗朗完全手足无措了。一夜之间白了头。他才四十五岁，看起来像六十。这样下去，他该赶上他爸这老蠢驴了！

好吧。

不管怎样，这是他第一次要求他陪他去什么地方。费迪南不能拒绝。一小时后见。

出发去和罗朗会合前，他上工作间溜达一圈。他好几月没去过了。自从加比去世之后。给她，他想弄个真的漂亮的。能让居伊喜欢的，尤其，还得不做作。他有的是时间，不用着急。他拿抹布擦了擦搁在工作台上给阿尔弗雷德刻的墓牌。他好久前就完成了，该拿给他的家人看，征求他们的意见。如果他们都同意的话，便可以一起去把牌子摆到他墓上。然后，到广场咖啡馆，和他的哥儿们一起，为他的健康干杯。莫莫、马塞尔、雷蒙、皮埃罗，所有这伙人。

这畜牲撂挑子不干已一年有余。

阿尔弗雷德，别名采花贼
好铁匠
好伙伴
父亲
蹩脚丈夫
不是渴死的。

还行，挺有分寸的。

雅克琳应该不会生气，是她提出离婚的。

孩子们如果愿意的话还可以再写点什么，他留出地方了。

他又搜出另一块牌，拭去灰尘，上面写着：

致亨丽叶特，我的妻子
四十年来你不让我过好日子。
现在，好好歇着。

这一块，他觉得有意思。但是他把它收进抽屉了。他想现在不是时候，罗朗不会喜欢。这小子，还没有足够的距离来欣赏。可惜啊，但没办法。

60
鹤群归来

天依然很冷。清早的土地上覆盖着白色的霜。但是空气和光线变了。一切变得更鲜活，更躁动，天光也微微拉长。还有，鹤群也归来了。这个，是个好兆头。妙莉叶趴在窗口，跟霍唐思描绘她的所见。它们正在飞越农场上空，有好几队排成人字形，它们一起叫着，有些在房子上转圈，好像迷路了，啊，不，好了，有一只找到方向，另外的都随它去了。霍唐思想去看。但妙莉叶没法单独把她从床上弄下来，她很清楚。霍唐思轻声说："求你了，妙莉叶。"妙莉叶很犹豫，这不是个好主意，会是一团糟，她得把所有管道拔掉：输液管和氧气罐。霍唐思苦苦哀求。妙莉叶豁出去了，哎，好吧，他妈的，她打开窗户喊金姆。两人合力成功地把霍唐思放到轮椅上，给她裹上鸭绒被，套上羊毛帽。快点，不然就要错过了！金姆警告：您可抓稳了，霍唐思，来点刺激的。绿灯，出发。他推着轮椅跑过过道，两轮着地绕过厨房餐桌，不偏不倚穿过门，到达院子中央。啊！它们在那儿！有好几百只！她从来没见过这么多。霍唐思跟它们说起话来：这么长时间你们去哪儿啦？知道吗，我等了你们好久……它们从她头顶飞过。咕噜……咕噜……咕噜……水从霍唐思脸颊流下。肯定是因为冷，和太白的天。有点刺眼，她不得不眨眼睛。该回去了。哦，不，再待会儿。她想看到最后的鹤经过。落后者最需要鼓励。她用微弱的声音，对天空低低唱着：别担心，我美丽的鹤儿，飞吧，飞吧，其它鸟儿并不远，你们会赶上它们……

61

西蒙娜取钱

居伊开车陪西蒙娜进城，她和她的银行经理人有约。两周前，她在公证人那儿签了卖房的契约。她没什么特别感觉。不难过也不高兴。不过，她收获了一个大问题：她和霍唐思要拿这一大笔钱怎么办？银行经理人自然是有一堆主意。但她需要时间考虑，再做决定。冲动是魔鬼。所以，最好的办法，是把钱取出来，先拿回家。他眼珠子都快掉下来了。一点点取，可能会好点。他傻了，找不到话说，只能说……这不太好办，他得问问，而且，需要时间。她问多长时间。他回答说两周。她说这个不是问题。就这样，十五天过去了，她如期赴约。居伊陪着她。经理人非常殷勤，扶她坐下，询问她和霍唐思的身体状况。西蒙娜一脸的不信任。他试图哄她高兴，问她要不要……来杯咖啡？她说好，只是为了麻烦他。请加三块糖。他一走出屋子，她便压低声音说当年她们只有退休金往账户里放的时候可没见他这么费劲地装腔作势。没红毯，没排场。唯一一次她们透支了——这个，她们一辈子都会记得——他可完全不是这德性。哼，真不是。不过，事情也不能复杂到哪里去，就她们那点可怜的财产。吓，可不呢。他甚至威胁要告她们！挂号信，还有什么别的招数，都使上啦。把她们吓得。她们已经开始想象两人双双被丢进监狱，剃了光头，穿着条纹衫，戴着脚镣。居伊扬了扬眉毛，她这个纯属美国电视剧看多了。是，是，你是可以扬眉毛，孩子，你没法想象我们遭受的。我和霍唐思，几天几夜合不拢眼。现在，你倒是瞧瞧，笑脸，鞠躬，观前顾后端茶倒水的。这帮人，没自尊。我告诉你，居伊，这些银行经理人，跟卖保险的一样，都是小偷！这点，居伊倒是比较同意的。但是，毕竟，没他们也不行，所以，他想劝她别把这笔钱放包里取走，想象她拿回去估计是藏在床垫底下。太冒险了。但是西蒙娜很固执。她一旦做了决定……她要考虑！还要跟霍唐思商量，如果这个可怜人还有心思想这个。仅此而已。

她拉上包，起身准备离开。好吧。那，咱们就回去吧。经理人还坐着，两眼发直，两腿发软。

他们回到农场的时候，霍唐思坐着轮椅正矗在院子中央。妙莉叶和金姆一左一右，脸上有些尴尬。

——你们疯啦，这么冷让她出来！

——她想看鹤……

——她想要的，不一定对她好，你们很清楚！

霍唐思示意让西蒙娜靠近，她的声音已经虚弱到只能很小声说话。

——我看到它们了。

——是，但……

——真美。

西蒙娜叹息一声，朝她额头一吻，推轮椅进了屋。金姆和妙莉叶给她搭手帮忙。

当天晚上，晚饭过后，所有人都坐在外面长凳或椅子上喝咖啡，西蒙娜过来十分平静地宣布霍唐思即将离开，现在只是个时间问题了。是她自己告诉西蒙娜的。鹤群，是她等待的信号。她要陪着它们，一起走。

62

盐放少了，我才不信！

路多维克坐在床沿，拿手指头戳被子。

——爸爸，你在睡吗？

——嗯。

——你需要阿司匹林吗？

——嗯不。

——你今天头不疼吗？

——嗯我觉得不疼……

——是嘛。

——你弟弟呢？

——你不记得啦？昨晚他要回妈妈家。

——啊对，的确。几点啦？

——九点半。

——啊，天哪！你怎么不早点叫我？

——我忙着呢。

——你干吗了？

——弄点东西。

——什么东西？

——在厨房里。

——哎呀，我希望你没弄得一团糟……

——我弄完都归置好了。

——弄完什么？

——我的活儿。

——你到底在说什么，路多维克？

——你来看就知道了。

——好吧。我希望你没干坏事，啊。

罗朗套上起居服和呢拖鞋，笨重地下了楼梯。走到一半，他嗅了嗅空气，扭头看路多维克。

——不管怎样，闻起来不错啊你的东西。

路多维克微微笑了一下，他心里七上八下着呢。

厨房里，罗朗掀起抹布，发现了一大圆面包，金色的，带着脆皮。

——这是你做的？

——是。

——你自己？

——对啊。

——我真不敢相信……

——你想尝尝吗？

——有这个必要！

他切了两片。两人同时咬下去。

——哟，话说，又脆又软，面包心很有弹性，很透气，非常香……你在哪儿学做的这个？

——妈妈的男朋友，他是个面包师。

——啊。

罗朗当头挨了一棒，装作弯身去拣地面的面包屑。起身时脸露怪相，手捂左肋，面色通红，他清了清嗓子。

——好吧，我还是有点小批评不得不说，啊。说实话，盐少了。你看，路多维克，这很可惜，因为做面包，这样的错误是不可原谅的。

路多维克冲上楼回了自己房间，扑到床上，用枕头捂住脑袋掩盖自己的喊声……大蠢驴！平静下来之后，他觉得身后有什么东西，他从枕头底下抽出脑袋，突然回头。罗朗正猫着腰，一脸惊愕，头发乱蓬蓬地竖着，眼周发肿，露出一丝傻笑。他嘟囔着说："对不起，路多，你的面包，非常完美。我是头大蠢驴，而且，我还妒忌。真可怕……"

路多一面给父亲打下手准备中午的接待，一面解释他是怎么做面包的。首先，酵母。很容易。只需水和面粉，你把它们放在炉子旁，等到起泡了，再加点面粉和水，每天如此，让它成长。他的酵母有两周了，他从家里带了一小块过来做这个面包。昨天，趁着罗朗和米蕾叶对账的时候，他跑到厨房，将 80 克酵母、400 克面粉、350 毫升温水和一勺半咖啡勺的盐混在一起充分搅拌，然后他就悄悄抱着这一碗面上了楼，放在暖气片旁边发了一整晚。七点，他蹑手蹑脚下了楼，揉完面，再发，他在一旁写作业等着。九点，他把这坨面放进烤箱。就是这样，爸爸。是为了给你个惊喜。

罗朗被感动了。为了表示他的赞赏，他就着奶酪和红酒，吃了大半个面包。他觉得儿子非常了不起。

63

漫漫长夜（第一部分）

母猫马洛奈特在厨房里团团转。这里本来是它的最爱，也是它睡觉的地方，暖和，有人抚摸，早晨还有吃的。但眼下，食物不是它要考虑的，它一点儿也不饿，抚摸，它也不在乎。它想找个安静的角落待着，仅此而已。这里人太多，来来去去，胡搅乱翻的。只有到了夜里才能清静些。而且还不好说。因为有贝尔特。它老做那些追着奇怪动物疯跑的梦，然后发出或可怕或兴奋的尖叫，得看碰到哪个。特别烦。最讨厌它的是末日。不过，末日，也是个特别的主儿。不久前它差点跳到贝尔特头上挠瞎它的双眼，因为它实在是被贝尔特惹毛了。这只雄猫不但脾气暴躁经常有过激反应，而且还妒忌得像头老虎。所以厨房就算了。它去看看别的地儿，穿过走廊，右转，门半掩着，进了那对老姊妹的房间。眼前正好就是一大袋各色羊毛毛线球。有那么一秒钟它认定就是这里了，就是它需要的地方。但很快它就改了主意，因为有些东西……它感觉到一些东西……是的。左边那张床上，有个黑影刚刚飘过，身后带着一丝寒气。冷。也许是霍唐思的魂儿跑了。马洛奈特掉头小跑着离开了房间。

最终它决定在金姆和妙莉叶的柴火炉灶后安身。这个厨房很安静。末日肯定不会想到上这儿来找它，也不会有贝尔特在身边做鬼梦。它侧身躺下，心跳加速，它又起身，调转方向，就是找不到一个舒服的姿势，它的肚子在变硬，硬得像块石头，它的瞳孔在扩大。它生平第一次觉得这么难受。它很担心。在它肚子里翻腾的小家伙们，这会儿都不动了，像被钳住了一样，顶得它的肋骨生疼，疼到它呼吸困难。它打起呼噜，试着平复心里的恐惧。

夜里三点，妙莉叶起来上厕所。像往常一样，她没冲水。按道理，楼上是听不见的，但她还是很小心，谁知道呢。而且她觉得用水也得注意，不能老浪费。刷牙、洗手、洗碗的时候不注意让水白白流走。真是造孽。该死的，人们如此浪费，真是疯了！妙莉叶关心起环境来，这可是新鲜事。她同意金姆的看法，不能再这么傻乎乎地让人牵着鼻子走了。要质疑。他妈的，要成为生活的主使者，要对自己负责，要为自己制造的垃圾负责！行。不过她还没到能接受无水厕所的地步。这个，她真心抵触，在一只装着沙子的桶里大小便，那不跟养在公寓里的猫一样了么！他花了不少力气试图说服她。她，还有农场其他人。目前没人太感冒，除了玛德莲，她已经体验过。他想让他们在某个像论坛一样的地方和已经使用无水厕所的人交流，有问题可以直接问。最让他们有顾虑的，是气味问题。还有，卫生桶的操作，难道不是非常原始、恶心加不方便吗？而且，说白了，人类排泄物制成的肥料，就真的那么肥沃吗？还有病原体呢，怎么对付？它们是否会在堆肥的过程中被破坏？他要把他们引导到博客上和专家交流。看老家伙们在网上聊天应该会挺有意思。

从厕所出来，妙莉叶犹豫了一下，不想马上回屋睡觉，便去瞧瞧冰箱里有没有存货。空空如也。桌子上有东西吸引了她的视线。瞧，一本杂志和一板巧克力！这是从哪来的？她没寻思太久，坐到凳子上，掰了一小方块，边吃边翻杂志。过了一会儿，她听见了什么声音。楼上，有人在走。脚步声下了楼梯。妙莉叶抬起眼睛，先后看到……光着的脚，腿，一件白色大T恤，然后是……一个女孩的脑袋。是个新面孔，她从来没见过。

——嗨。

——嗨。

她接着埋头看杂志。

——厕所是那边的门。

——谢谢。

——夜里我尽量不冲水，如果你可以的话……

——啊，这里没有无水厕所吗？

——呃，还没开始呢。

女孩做了个鬼脸。回来的时候找了个离火炉最近的地方坐下烤脚。

——我，苏珊娜。你呢？

——妙莉叶。

寂静中，突然有一声沙哑的猫叫。吓得她们一激灵。她们互相对视了一下，弯下身子去看炉子后面。

——哟，我的小马洛奈特，你在这里做什么？

64

漫漫长夜（第二部分）

妙莉叶和苏珊娜在马洛奈特身边席地坐下。

这天夜里剩下的时间，她们一直待在那里，抚摸她，扶她的腿，在她耳边轻声细语……“别担心，我的小甜甜，小美人……会好的……很难，但是你能做到……来吧，现在你得使劲……对，再使劲……很好，就差一点儿了……好啦……你的宝宝很好看，好样的，我的小猫咪……哦，还有一只……”

天亮的时候，她生下最后一只。

离平时起床时间只有一小时不到，没必要再去睡觉了，妙莉叶和苏珊娜做了咖啡烤好面包，展开聊天的架势。从学业开始：苏珊娜学平面设计，妙莉叶上护士学校……哎，有意思，我姨妈是助产士……没开玩笑吧？我最后一个实习就是在产院做的……那你应该见过她。她的皮肤是小麦色的，微胖——嗯，跟你差不多——她戴眼镜，严重的阅读障碍症患者！……不，我想不起来……我回头介绍她给你认识，她很酷，你等着……那太好了，我有好多关于实习报告的问题要问……

她们接着又聊了别的话题。男孩，半句嫌多：苏珊娜撇撇嘴，朝天花板翻了个白眼，妙莉叶眼睛戳着地面撇了撇嘴。很显然，没必要多说，她们马上转移话题。音乐，电影，她们梦想着有天能完成的旅行，还有，她们的梦想，只是梦想。她们就这样成了无话不说的好姐妹。苏珊娜提到了体重问题。妙莉叶没觉得有什么不好。相反，她需要聊聊这个话题。她承认，好几个月了——好像正好跟冬天一个节奏，这个御寒的脂肪层……——她老觉得饿。不过，她已经决定了，要减肥，要运动腹肌。不然的话，下个夏天，她就该对泳衣说再见了！说是这么说，实际上，她其实也不太在乎。首先，她放假时肯定不会去海边，她没那钱。其次，泳池也非她所好。她是金牛座。众所周知，牛牛们不喜欢水！啊，这一点，苏珊娜不能完全赞同。因为她最近恰恰在什么地方读到过，金牛们，和人们一贯想的正好相反，他们……

闹钟响起，金姆吃了一惊。先是发现枕边无人，接着又看到两个女孩正像闺蜜一样聊得火热，最后还发现马洛奈特生了四个小的。

这天放学回来，他和妙莉叶才得知霍唐思的事。

他们很震惊。尤其是妙莉叶。她强迫自己走进房间向霍唐思的遗体告别，她能感觉到这对西蒙娜很重要。如果不是为了她，她不会这么做，死人总是让她害怕。但她没有停留，她很快觉得天旋地转，差点没晕过去。居伊和费迪南把她扶到沙发上让她躺了一会儿。等她起身的时候已经好多了，但她不想吃饭，想直接去睡觉。她觉得胃里有点翻腾。

65

不出所料

……霍唐思过世没多久，西蒙娜便开始对周遭失去兴趣。居伊很警惕。他很快发现一些典型的小细节。每天她都睡得比前一天早一点，起得晚一点，发型不再讲究，晚饭后也很少和大伙一起坐在屋外。与此相反的是，白天里她可以单独一待就是好几小时不动，啥也不干，只看着天空中的云飘过。一有人靠近，她马上借口有急事躲开。更严重的是，她吃得很少。这点太不像她了，搁在往常，她可是个好吃鬼。只不过，对她而言，一切已不再如常。她的另一半，卢米埃姐姐，熄灭了，她不知何以为继，不知还有什么值得牵挂，或者，仅仅是，她还有没有欲望牵挂。人们问她问题，她总是答到一半就自己打住，然后耸耸肩，自言自语道，“这还重要吗”。居伊是经历过的，就在不久前，他太清楚了。于是他开始想方设法阻止她沉陷。没那么容易，西蒙娜比他还顽固。而且也比他老。前景不妙……

66

伊冯的农场

费迪南在米蕾叶家门口敲门。他送过完周末的小鬼们回家。开门的不是她，而是阿兰，伊冯的儿子。孩子们扑进他怀里。费迪南惊讶不已，掐着他的脸颊说自从上次见到之后可真是长了不少啊，又使劲拍了拍他的背。年轻人有些窘迫地邀他进门。正和爸爸在喝开胃酒，您也一起来吧。正好，费迪南有事想问他呢。他们可以好好聊聊。费迪南还没开腔，伊冯先宣布他的个人计划。趁费迪南在，他要说说他儿子的事。孩子决定走一条和他们不一样的道路。生活嘛，就是这样。他进军面包业了。归根到底，这也符合逻辑：爹产的麦子，儿用来做面包。只不过，他单独一人，已经开始力不从心。他的胯骨快不行了，不久肯定也得上手术台。费迪南一副专家模样，让他安心，手术，真的没什么。安上假骨头，用不了几周，他又跟兔子一样活蹦乱跳了。跟新的似的，伙计。好吧，伊冯说只要他还能爬上拖拉机，这手术就越晚做越好。不管怎样，他决定了：他要退休。倒不是立刻马上，一两年内吧。在此之前，他想找个学徒来帮忙。如果同样的契机也能让孩子把马步扎稳，也不失为一件好事。如果合得来的话，他甚至打算撤退之前把农场和土地出让给他，对大家都好。费迪南目瞪口呆。他跟他说起金姆，一个人很好又勤快的小家伙。伊冯打断话头。他见过他，他想的就是他。但他要干的是有机农业！是啊，他是对的，这是大势所趋啊。费迪南更加惊讶了。伊冯承认自己已无勇气再投入新产业，但这毕竟也不是挡年轻人路的理由啊！费迪南心说这伊冯老父不是在开玩笑吧。他也没比平常多喝。他是认真的。他儿子点点头称是。一旁的米蕾叶也是。本来想问他——甚至有点让他行行好的意思——能否把他租的一块地退出来给金姆的费迪南，只有瞠目结舌的份儿。这个伊冯，他有大头要给小的呢。没想到。

67

周六晚，月圆之夜

费迪南和玛德莲并肩坐在长凳上数星星。或者说，试着数星星。不过怎么可能数得清，星星太多了！空气里有很凉爽的气息。玛德莲靠近了些。费迪南闭上眼睛，喜悦夹杂着慌乱。一刻钟之后，她把头轻轻靠到他肩上。第一次。他战栗了一下，她也是。他们一动不动，似乎连呼吸都停止了。但一切在这里停止。因为金姆穿着短裤猛地打开门——把他们吓了一跳——惊慌失色地朝他们跑过来。

——妙莉叶把自己关在浴室里，我觉得她应该是病了，她已经哭了一个小时了！

他们飞奔过去。

玛德莲隔着门和她说话。

——你怎么了，妙莉叶？发生什么事了？

——我疼……

——快开门。

——我开不了……

——试一下，求你了。

——我动不了，我的背好疼……

金姆将刀片沿着门框塞进门缝，成功地抬起锁钩。他推开门，妙莉叶倒在淋浴槽里。玛德莲跪下去把她抱在怀里轻轻摇着，问她哪里疼。妙莉叶焦躁地抓过她的手放在自己肚子上。肚子硬得像块石头。玛德莲下意识往后退了一下。妙莉叶慌了。

——我要死了，是吗？

——不，当然不是。可是，我不明白的是……你之前为什么不跟我们说？

——说什么，玛德莲？说什么？

又一阵收缩引发长长的呻吟，越来越大声，增强，扩大，最终演变成尖叫。玛德莲把她紧紧抱入怀中。“别担心，小亲亲，我的好姑娘……没事的……我们找个助产士或医生过来，他们会帮你的……”妙莉叶猛然扭头看她，呆住了。她的眼神里有一万个不相信。玛德莲明白了她也是这一刻才意识到正在发生什么事情。她摸着她的脸……“可怜的宝贝……”她找来金姆和费迪南帮忙把妙莉叶抬到她房间里，把她放到床上，用枕头把她的背垫好，又出来告诉两位男士去找个大夫或助产士，赶紧！他们看起来没太明白她的话。玛德莲求他们快去，情况紧急。金姆和费迪南不安地往房子另一翼走准备去打电话。半途中金姆突然想起来——苏珊娜的姨妈是助产士！他狂奔回房间拿手机。已是凌晨一点。

玛德莲摸着妙莉叶的头，在她耳边轻声细语——“没事的，我的好姑娘……别担心……金姆打电话了……助产士马上就到……”但是这时候的妙莉叶已经被折磨了好几小时，太漫长了，她只想马上结束这一切。立刻。她已经喊尽了力气，再也说不出一句话，只能左右摇头，那是她唯一还能表达的意思。不。不。不。

时间一分一秒过去。宫缩接连而来。不间断地，摧残着她。而且还有一些宫缩来得比另一些更猛烈。让她撕心裂肺。婴儿的头顶露出来了。玛德莲知道不能再等。“我的小妙莉叶……我们要帮它出来……听我说……我会告诉你什么时候用力，好吗？……很好，吸气……好的，现在，用力……对……对……对……很好……再来一次……使劲……再使劲……再使劲……再使劲……就差一点儿了……使劲，再用力点……好了，脑袋出来了……最难的你做到了……最后一下……好了，它出来了，你成功了……欢迎你，小天使……妙莉叶，是个女孩……”玛德莲很激动，她怕婴儿着凉，用床单把她包好，弯腰放到妙莉叶怀里，可是妙莉叶却扭过头去。她不想看也不想碰。玛德莲很想哭，但她忍住了。

凌晨两点。居伊和金姆守在马路分岔口边上，一人手里一把手电筒。助产士的车到了，他们把胳膊抡得像风车一样给她指路。院子里接力的是费迪南，他开门领她过去。她很快活，动作精准又灵活。玛德莲松了一口气。玛丽解释说她已经尽了最大努力赶过来，但是她接到电话的时候人还在产房。婴儿们经常在月圆之夜到来。还有快到周末的时候，老是这样！她为婴儿听诊，剪断脐带，打好结，又查看妙莉叶的状况，看她是不是把所有东西都排出，询问事情进展经过，为所有人如此出色的工作喝彩。

但她也明白了问题所在，妙莉叶看都不看这孩子一眼，哪怕她在哭。玛德莲走到她身边，摸着她的手，凑到她耳边问她是否想谈谈发生的事情，还是愿意等玛德莲来说起。她更愿意等玛德莲说起。两位女士带着孩子离开了房间。妙莉叶扭头对着墙壁轻轻哭了起来。

68

星期天

清晨六点，早就被外头动静吵醒的西蒙娜，决定去厨房看个究竟。眼前的情景：玛德莲在准备奶瓶，居伊怀里抱着个婴儿在厨房里迈大步，试图平息她的哭声。西蒙娜心头一紧。她朝居伊走去，皱起眉，神情果断：你确定能这么对待婴儿吗？你把孩子抖得跟筛糠一样，他不哭才怪呢！居伊很不爽。但他马上意识到：得，西蒙娜又回来啦！她坐进扶手椅中，命令式地伸出两条胳膊，居伊乖乖把新生儿递过去，奇迹般的，哭声停止了。居伊更觉受伤，借口有急活愤愤离去。当然，一听说这娃是妙莉叶的孩子的时候，西蒙娜怒了。因为，这实在太过分了，之前他们竟然对此只字未提！将心比心，我成什么了我……玛德莲把事情原委跟她解释，她很快明白怎么回事。因为有天她和霍唐思在电视上看过一个关于这个主题的影片。她们深感震惊。以至于她还清楚地记得那个说法。也就是说，她也得了拒绝怀孕症，这可怜的小女娃？玛德莲点点头。好吧。那接下来怎么办？玛德莲不知如何作答。但是眼下的情况是，宝宝饿了，而她还有一大堆事要做。于是她把西蒙娜安置到椅子上后，递给她奶瓶，看着办吧。西蒙娜给孩子喂了奶，把她立着抱起好让她打嗝。孩子裹在100%纯棉T恤里——金姆认为纯棉很重要——盖在身上的毯子则由霍唐思未完成的作品彩色围巾来充当。西蒙娜有生以来第一次抱着这么小的婴儿，第一次能这么近距离地观察她，能独自对她轻声细语……“你可真漂亮呀我的小家伙……还这么优雅……可不是嘛，浑身上下都这么优雅，我的小心肝儿……你们看到这双小手了么……它们多么纤细啊，这双小手……这么长的手指，绝对是当钢琴家的料……还有这对小脚丫子，怎么可能哟，脚丫子怎么能长这么小，这么完美，这么可爱，让我瞧瞧，这怎么可能呢，我的小公主……”她应该不到三公斤，不是很厚实。尽管如此，抱了不到一小时，西蒙娜的胳膊便全麻了。但她没吭声，她能忍，没动弹也没呼唤增援。她怕吵醒小天使。或者是怕破坏了魔力……

金姆在网上查过了，药店八点开门。差一刻钟的时候，玛德莲开着费迪南的车前去。玛丽夜里留下的小药箱救了急，但无法维持太长时间。必须找到：第一阶段的人乳化奶粉，奶嘴，新生儿用的纸尿裤，卫生巾，生理盐水，等等……

车间里，居伊忙活着：他要打造一台移动摇篮。一张可在房子里轻易移动而不会翻倒的床。当务之急。他在谷仓里找到一台旧婴儿推车，拆卸开来，只保留了底座和轮子，决定在上面安上……洗衣房的柳条筐。费迪南觉得这主意不咋地。他正好需要那个柳条筐来运送他刚洗完的衣服！是，但床得优先！好，好。费迪南换了只木条箱，反正也差不多。这天早上，他的工作是给孩子找衣服穿。早些时候，他上阁楼翻出装着路多维克和路西安婴儿时期衣服的纸箱。一箱子的纪念物。为日后留存，等他们长大之后。是米蕾叶在他们搬家的时候收拾的。他下了楼，把小衣服放到洗衣机里洗，洗完拿出来搭在火炉旁烤：微型睡衣，小得不能再小的长袖内衣，太可爱的帽子，娃娃的袜子……

他们很快就可以给宝宝穿衣打扮，还有摇篮给她睡。前提是居伊找到更好的办法把柳条筐固定到底座上。目前还不太牢靠，不够稳当，在费迪南看来。他提出来搭把手，居伊说“该干吗干吗去”！费迪南悻悻离去，嘴里嘟囔着“这家伙吃枪药了”。大家都有些暴躁。也是，都一宿没睡呢。或者，说不定是圆月来袭……

房子另一头。

不到九点，金姆已经为妙莉叶准备好早餐。她并不饿，但要起床。他想扶她走到浴室，被她生硬地推开，她宁愿扶着墙抓着家具走过去也不愿接受他的胳膊。金姆顿觉受挫，便离开到外头转一圈。他去看看鸡们是不是一切都好，又跟刚出家门的科奈留斯打了声招呼，最后决定到菜园干活去。他真的得找事情发泄一下。

从药店回来，玛德莲去看妙莉叶。她坐在火炉旁跟小猫玩，马洛奈特在她膝上。玛德莲心里有些不安。她坐到妙莉叶旁边，跟她聊了一会儿。但妙莉叶连问都没问起宝宝。玛德莲心想该耐心点。

助产士今天会过来，到时候可以一起说说这事。应该没问题。

下午晚些时候，居伊推着移动摇篮出现了。金姆、西蒙娜、费迪南和玛德莲当然都鼓起掌来。毫无疑问，这是一只特别的摇篮。但是非常好操作，既灵活又稳当。干得好。居伊心花怒放。

再三考虑之后，他们最终决定把宝宝和摇篮安置在紧邻西蒙娜房间的小客厅里。自从霍唐思离世后她就再没踏进去过一步。玛德莲的房间就在对面。更不用说——锦上添花的是——这是离另一套房子最近的一间房！只需要把过道里堵住连接门的家具挪开，妙莉叶就能随时过来看她的宝宝。

他们把门口的家具弄走了。

但妙莉叶并没有来。

69

夜间看护者

居伊制作了排班表《宝贝计划》，万一需要呢，而且被迫报名值夜班。这也正常，他是这群人里需要睡眠最少的人。但他是对的。玛德莲累坏了，西蒙娜也是，他和费迪南白天都有小睡，自然该由他们来接班。两位女士晚饭一过就去睡觉了。上半夜，他俩搭档值班。九点半左右，宝宝醒了，两人狂奔进房间。趴在摇篮上方，他们商量着。你抱？不，你来。可是你不觉得。不，瞧瞧。最终是费迪南抱起孩子。他沿着厨房四壁绕圈等待奶瓶。

居伊遵循玛德莲的教导，一切顺利，他既没砸坏也没弄洒，温度也恰到好处，孩子没哭太久。事情是在几分钟后才变得复杂起来。宝宝的肚子在一阵漫长又痛苦的斗争之后，突然发出与那个小身子完全不成比例的巨大声响，像突然清空的管道，气味更让他们不堪忍受。两人忧心忡忡。看来得换……尿裤。无论是居伊还是费迪南都没干过这事。居伊，没有孩子，费迪南尽管有过两个儿子，也没面对过需要换尿布的状况，从来都是他的妻子照

料一切。而这下，就只有他们俩。只能硬着头皮上阵。他们花了一刻钟。最后孩子睡着了，他们终于可以喘口气。

他们倒在沙发上。为了能听清从孩子房间里传来的声音，他们没敢开电视。圆月之光足够照亮屋子，于是他们也没开灯。长长的静默之后，他们开始窃窃私语。

——还好吧你?

——嗯，还行。你呢?

——还好。

——嗯。

——我在想……你后悔吗?

——一点也不。

——你肯定?

——肯定。

——可弄来了一堆人啊，哎……

——是啊。

——还真是没法预料……

——啊，是没法。

——真热闹。

——是啊，很热闹。而且还有更新换代，好得很!

——噗……别说了，你惹我笑了……

——嘘！你会把小家伙吵醒的。

——对，对，不能笑。

——哎，费迪南?

——咋啦?

——不，没什么。

——真是有意思，哎，有时以为咱的时候已经过了，没想到啪一下……

——是啊，怪异得很。

——没法想象……

——嗯。

接近午夜，第一声呜咽，他们从沙发上弹了起来。一回生二回熟。喂奶，小意思，换尿裤，顶多十分钟。专业人士。费迪南接着便上楼睡觉了。居伊微微冒汗，第一次单独对付这摊事。但是紧张很快过去。他很庆幸自己造了这只移动摇篮，他可以把孩子带到厨房，一手准备奶瓶，一手摇摇篮。奇妙的时刻，是他坐在扶手椅里，意识到那是他有生以来第一次给只有一天大的孩子喂奶，他可以近距离看着她，单独跟她说悄悄话，就孩子和他……“晚上好，小女士……你知不知道，你该过生日啦……周天的生日……瞧，你听得真仔细啊……是啊，当然了，这些声音从来都没听过吧，你很感兴趣对不对……你可真可爱，你知道吧……是啊，看看这双小手……它们多纤细啊……这么细长的手指，绝对是当钢琴家的料……还有这对小脚丫子，怎么可能哟，脚丫子怎么能长这么小，这么完美，这么可爱，让我瞧瞧，这怎么可能呢，我的小公主……”

70

星期一早晨，等等

星期一早晨。

金姆下楼准备做咖啡再洗个澡，周身还有些乏力。但咖啡已经做好了，浴室也被占着。离出发只剩二十分钟，他觉得时间有点紧。为了节省时间，他上楼拿了包和衣服，下楼候着。浴室里没声响了，他想象大概妙莉叶不紧不慢地在照镜子晾头发或者在往脸上涂润肤乳。他给自己倒了杯咖啡，坐到火炉旁边喝边耐心等着。十分钟后，妙莉叶从房间里出来了，头也梳好妆也化好了，穿戴整齐。金姆呆立在原地。

——你干吗呢？

——这问题不该问你吗？你不知道几点了？还没洗澡？

——我以为……

——赶紧的。你得迟到了。

金姆跨上自行车，犹豫了一会儿，他看到大厨房里有灯光。妙莉叶已超前不少，他决定了，便把车靠到墙上，进去告诉大家他们要去上课。为了保证表达到位，他特意加上：我们走啦，我和妙莉叶！然后砰地带上门。玛德莲和西蒙娜瞠目结舌。

星期一下午。

在菜园里干了两个半小时活后，玛德莲回来了。她担心把宝宝扔给西蒙娜单独照料太长时间。但一切都好。西蒙娜很有条理，简直像照料了一辈子孩子的人。奶瓶、襁褓、抱抱、护理，驾轻就熟。而且，孩子睡觉的时候，她连电视也不看，她一点也不想念电视！她有的是活儿。织小毛线鞋、帽子、上衣，五颜六色的。很好。玛德莲放心了，回了自己屋，好好想想眼下的事，自寻点烦恼什么的。借此机会，她把大提琴从琴套里取了出来，她早该把琴拿出来透气了，却一直没时间。她的琴需要新鲜空气，也需要调音。调了音，难免想动动手指头。她拉了几个音，然后，很自然地拉了一小首曲子。曲毕，西蒙娜从门缝里探出脑袋，面带惊喜和尚未平息的感动。她有新发现：小家伙喜欢音乐！她把自己拧得跟麻花似的哭了半天——这可怜的娃怕是拉肚子了——第一个音符一响起，当！不哭了！就跟有魔力似的！您知道接下来您该干什么了，玛德莲，她开玩笑补充道。

妙莉叶从学校回来，去看了他们。她考虑过了：如果他们想留着孩子，她没意见。但她自己不想要。完毕。很直接，一时间空气有点凝固。白天已经讨论过了，关于下面该做什么、采取何种策略，唯有一点他们达成一致意见，那就是得给她时间。是不是能习惯，会不会改主意，能不能重新看待孩子，再看吧。所以，他们也一致表示同意。但这也不妨碍她速速到政府去做出生申报，这是当务之急。行，明天上午上学之前，他们得开车送宝宝去，因为她也得在场。也就是说，得给她起个名字……妙莉叶让他们自己选。好吧，他们想想，出几个提案。不，她希望由他们来决定。他们还不死心，这很重要，最好还是由她来……但西蒙娜实在是受够了老用孩子、小家伙、宝宝、小心肝儿、小妞之类的称谓，所以给众人来了个措手不及。

——如果咱叫她宝莱特呢？

眼神都开始飘忽……

——挺好听的，不是吗？怎么啦，你们都不喜欢吗？

所有人忽然之间都对油桌布上的线条图案来了兴趣……

——你呢，妙莉叶，你觉得怎样？

妙莉叶耸耸肩，走了。

市政厅里，书记员问孩子名字该写什么，妙莉叶说：宝莱特。第二个名字，露西。

她母亲的名字。

来自拉丁语，意为：光明。

致谢

感谢弗洛朗斯·苏乐坦的支持和耐心，还有她低沉美丽的嗓音。

当然也要感谢阿德琳·瓦诺，克里斯戴尔·佩斯塔娜，帕特里西亚·胡塞尔，维尔吉妮·艾巴和艾莲·克罗可奈。

第141页引用的歌曲名为《中国之夜》，词作者艾奈斯特·杜蒙。

第156页引用的歌曲名为《让指针停止转》，词作者保罗·布里奥莱/保罗·达尔布雷。

Solidarvioc.com（这个在小说末尾出现的，由居伊、费迪南、玛德莲、西蒙娜和霍唐思创建的网站）的确存在。

感谢艾迪安娜·考特勒管理网站，感谢卡蜜儿·康斯坦丁的设计和维护。

您可以浏览网站、为其提供内容，可以评论、批评（哎，不过还是得悠着点……），它的内容关乎各代人之间的团结。年轻人和老人家，正如它的名字所表达的。